Noites de Argenta e outros contos de desterro

Noites de Argenta

e outros contos de desterro

DECIO ZYLBERSZTAJN

Editor
Marcelo Nocelli

Revisão
Marcelo Nocelli
Natália Souza

Imagem de capa
Diogo Ladeira

Design e editoração eletrônica
Negrito Produção Editorial

Dados Internacionais de Catalogação na Publicação (CIP)
Bibliotecária Juliana Farias Motta (CRB 7/5880)

Zylbersztajn,Decio, 1953-
Noites de Argenta / Decio Zylbersztajn. - São Paulo: Reformatório, 2024.
188 p.: 14 x 21 cm

ISBN 978-85-66887-99-0

1. Contos brasileiros. I. Título.

z88n CDD B869.3

Índice para catálogo sistemático:
1. Contos brasileiros

EDITORA REFORMATÓRIO
www.reformatorio.com.br

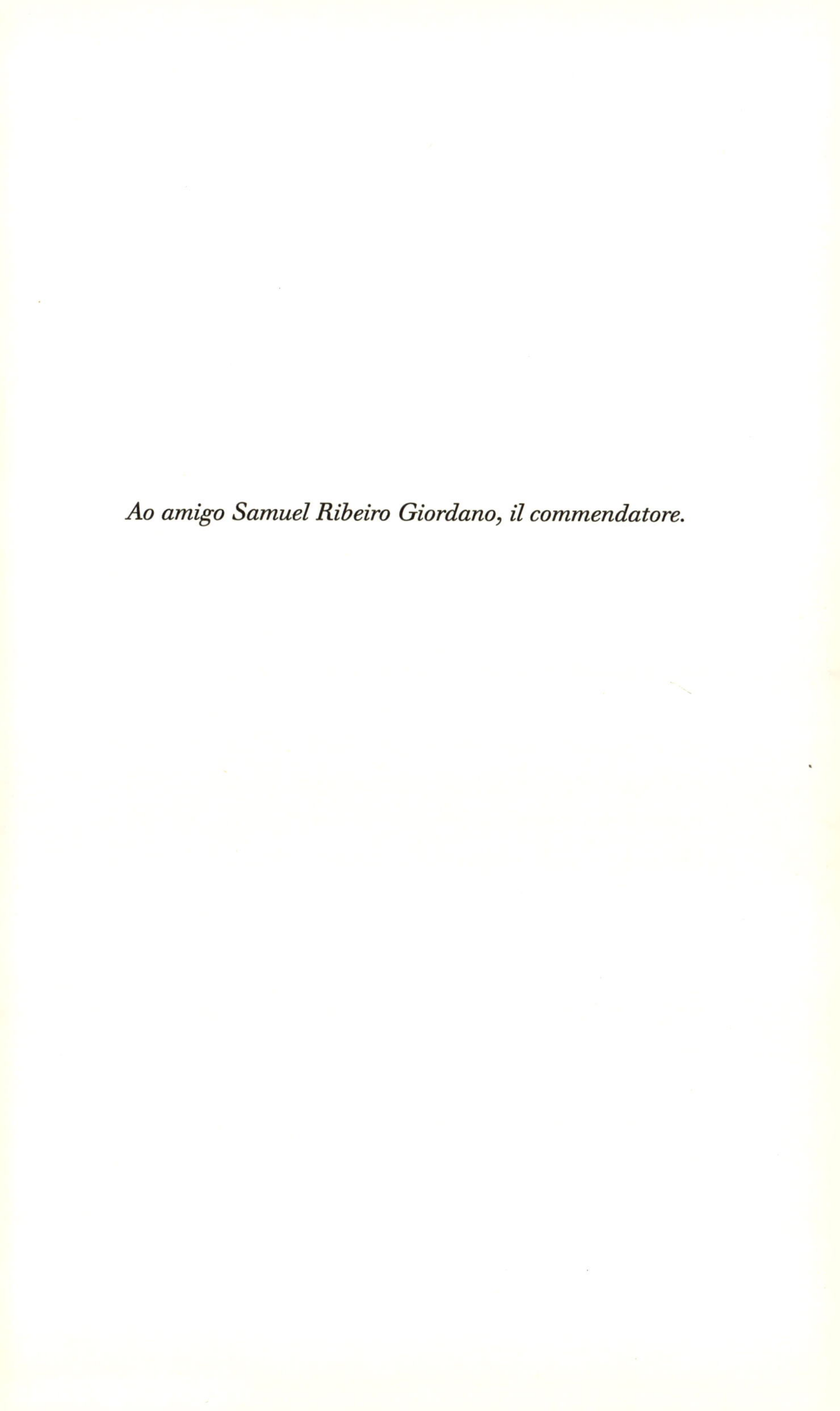

Ao amigo Samuel Ribeiro Giordano, il commendatore.

Deu meia noite, a lua faz o claro
Eu assubo nos aro, vou brincar no vento leste
A aranha tece puxando o fio da teia
A ciência da abeia, da aranha e a minha
Muita gente desconhece

"Vento Leste", CAETANO VELOSO

Outros Ventos

Os ventos brincam com o nosso imaginário, desenterram medos e fantasias, fazem com que crianças corram em busca de colo acolhedor, algumas vezes nos enlaçam com um toque morno e suave. Nos dias pesados, quando o céu desaba sobre nós, os ventos varrem o solo onde estão enterradas as nossas memórias. Resilientes, aprendemos a conviver com eles, e nem sempre percebemos o tempo da falsa calmaria, do olho do furacão, suficiente apenas para recolhermos os nossos pedaços espalhados. Sentimos os ventos quando lambem a nossa pele e geram sensação de desamparo.

O Zéfiro, vento amigo, lembra o toque suave de uma brisa na primavera, os demais nos agridem. O Bora sopra feito canivete afiado, rasga a carne como bisturi, o Hamsin carrega a poeira do deserto, forma nuvens que atravessam oceanos e envolvem as cidades e a alma de quem as habita. Poderosos, mudam as dunas de lugar, derrubam casas, roubam vidas, destroem sonhos. No outono o *Koyou-no-Kaze* carrega o cheiro das folhas em putrefação que se transmutam em húmus e fertilizam o solo.

Há ventos que se anunciam, criam um alerta para que não os enfrentemos. Os animais os pressentem e buscam abrigo, o seu som se assemelha ao uivar dos lobos. Na jornada de cada um de nós, com sorte seremos tocados por Zéfiros, caso contrário, aprenderemos a conviver com o Bora.

Soube de pessoas que seguiram os ventos em busca de liberdade, esperança, ou de um amor. Algumas dessas histórias foram sopradas em meus ouvidos, é hora de compartilhar.

*

Dedico este livro a todos os expatriados espalhados pelo mundo.

Sumário

Filipa: o ciclone dos cinco dias

Em 1910 um furacão conhecido por Ciclone dos Cinco Dias se formou no mar do Caribe, atravessou a ilha de Cuba onde causou 113 mortes, e subiu em direção à Flórida. Em 1780 um furacão ainda mais forte deixou 22 mil mortos na ilha de Cuba. Em outubro de 2017 uma tempestade com o mesmo nome atingiu a Irlanda e o Reino Unido.

*

Lembro de quando Filipa nasceu. Eu morava no Retiro Velho e trabalhava na fazenda do doutor prefeito. Quando a bolsa d'água vazou eu gritei para a Velha Justina me acudir, na primeira vez a gente não tem experiência. Imagine que eu pensei em tirar a criança, credo em cruz. Filipa veio quando achou que devia, sempre teve opinião. Choramos as três, Filipa, Velha Justina e eu. Sem pai, ela cresceu agarrada comigo. Juntas sempre, ela mais eu e a Velha Justina. Era uma criança curiosa, sorridente, feliz.

O filho do doutor prefeito, o tal que fez a maldade, disse que não era para eu trabalhar mais na casa, que não queria ver a menina e que me daria um dinheiro para eu cuidar da minha vida e da dela. Quero não, respondi. E o doutor prefeito, homem que manda em tudo, falou que era para eu voltar a trabalhar só depois de passar uns dias cuidando da menina recém parida. Quanta bondade, não é mesmo?

Fiquei quinze dias de resguardo, cuidei de Filipa que só ficou com o meu nome, e eu não quero outro. Nome bom e bonito. Filipa, filha de Florinda dos Santos e basta uma mãe para criar uma menina forte como ela. Não carece ter pai. Ela é filha minha, só minha e eu me orgulho dela. Ainda mais agora que foi estudar em Belo Horizonte, longe que só para os meus olhos que nunca viram outro lugar. Ela foi a primeira da Serra das Araras e da Vila do Retiro Velho que saiu para estudar. Ela não cabia mais neste mundo pequeno depois que conheceu o Doutor Ignácio Molina, o médico cubano que Deus trouxe até aqui, neste fim de mundo.

Eu recebia o salário da prefeitura, mas trabalhava mesmo era na casa do doutor prefeito. Vez em quando eu limpava o prédio da prefeitura, mas era raro, e foi num dia desses que apareceu o homem. Nem alto nem baixo, uns trinta ou quarenta anos, chegou com uma mala de viajante e uma maleta de carregar na mão, depois eu soube que é onde o Doutor carrega as coisas de médico. Perguntou com um sotaque engraçado que eu quase não entendi o que disse. "Aqui fica o escritório do Sr. Alcaide?"

Alcaide? Eu disse não sabia quem era, aí ele explicou que queria era falar com o doutor prefeito. Recebi o homem, sentei ele numa cadeira e corri chamar o doutor prefeito que veio mais o seu irmão que é o médico da cidade. Eles são fazendeiros, sementeiros nas terras boas da Chapada e criadores de gado nas terras piorzinhas. Eu vi quando eles chegaram, estranharam, se olharam, coçaram os bigodes, foram logo perguntando o nome do médico cubano e ele respondeu.

– Me chamo Molina, Dr. Ignácio Jacinto Molina, *mucho gusto*.

E eles fizeram um monte de perguntas, sem sorrisos, sem aperto de mão, só queriam saber da vida do médico. Se era casado, disse que sim, se tinha filhos, disse que não, disseram que ele não iria morar na Chapada, mas em um lugar nas Serra das Araras, e o Dr. Molina disse que estava tudo bem. E disseram que ele não deveria atender nenhum doente da cidade, só o povo das Araras e do Retiro, Dr. Molina respondeu que estava tudo bem também. Disseram que ele só devia subir a serra se fosse chamado, e o Dr. Molina respondeu que estava tudo bem. Para ele sempre estava tudo bem.

O doutor prefeito chamou Altino, o motorista da prefeitura, que levou o Dr. Molina até o prédio da escolinha rural que estava abandonado, e foi logo dando ordens para mim.

– Limpe o quartinho dos fundos e aloje este senhor na antiga escolinha. Arranje uma mesa e cadeiras para ele montar o consultório. – Na horinha que estavam saindo, o doutor prefeito falou em voz que era para o Dr. Molina escutar.

– Ninguém me disse que médico cubano era preto.

Assim que o povo da Serra das Araras soube que o médico iria morar no prédio da antiga escola rural, o mutirão se formou. É como fazemos por aqui. Quando o Dr. Molina desceu do carro da prefeitura já tinha um mundo de gente limpando, caiando as paredes, colocando fiação, arrumando uma cama velha e fazendo um colchão de palha novinha, moringa, prato, garfo e faca. O médico, que nós nunca tivemos, estava na nossa frente, e era de verdade.

Os dias que vieram foram de trabalho para o Dr. Molina, todos queriam uma consulta fosse para o que fosse. Quem não tinha doença, inventava uma. E o Dr. Molina dava atenção, ouvia, apalpava, olhava, examinava, escrevia receitas, perguntava quando não sabia alguma palavra da nossa língua. A porta da frente ficava aberta quando ele trabalhava. Quando ele cansava, entrava para o cômodo dos fundos, fechava a porta, esticava o corpo e depois voltava para atender o povo. A gente da vila cuidava da comida dele, cada um queria fazer mais do que o outro para aquele homem que Deus mandou para cuidar da gente. Não faltou nada para acomodar o Dr. Molina.

Depois do jantar, ele colocava uma cadeira na calçada, bem na frente da porta de casa e todo mundo parava para ouvir as histórias que ele contava lá da sua terra. Foi num dia assim que Filipa, curiosa que só, esperou que a conversa terminasse e foi falar com o Doutor. Ela voltou para casa cheia de fala só porque o Doutor quis saber dela e achou Filipa um nome bonito. Ela disse que é minha filha e que desconhece quem é seu pai e que gosta muito de ouvir histórias e de cantar. O Doutor contou que o seu nome, Ignacio Jacinto, é uma homenagem a um cantor, compositor e pianista conhecido em Cuba por Bola de Nieve, cujo nome de batismo era Ignacio Jacinto Villa Fernandez, o doutor disse que seus pais o adoravam. Filipa me contava tudo, gota a gota, do que ela conversava com o Dr. Molina.

Filipa soube que ele vivia em uma cidade chamada Pinar del Rio no norte de Cuba. Aprendeu que lá se planta fumo e tem algumas fábricas de charutos e uma faculdade, onde ele estudou medicina. O Doutor Molina acendeu um charuto que trouxe na bagagem para ela ver, ela tossiu tanto que o médico apagou o charuto e foi buscar um copo com água.

No dia seguinte, Filipa tornou a visitar o Dr. Molina, mas ele estava atendendo um caso urgente. Minha filha arribou em casa falante e pensando na vida do Doutor. Teimosa, ela voltou e encontrou o Doutor sentado à frente da casa fumando charuto e cercado de gente. Quando ele a avistou, apagou o charuto e a chamou para se sentar ao seu lado e ouvir uma história que ia começar a contar que em Cuba os furacões atravessam a ilha com frequência, sempre entre setembro e outubro, causando mortes e destruição. Em 1910 um furacão conhecido por Ciclone dos Cinco Dias se formou no mar do Caribe, atravessou a ilha de Cuba onde causou 113 mortes, e subiu em direção à Flórida. Em 1780 um furacão ainda mais forte deixou 22 mil mortos na ilha de Cuba. Quando o olho do furacão passa há uma trégua, os ventos param por um momento e voltam soprando na outra direção.

Filipa quis saber como o povo de Cuba faz para conviver com os furacões. O Doutor pausou a fala, e disse que os furacões eram como os dias difíceis que temos que enfrentar. O certo é esperar que os ventos acalmem para reconstruir o que foi perdido. Temos que aprender a esperar, disse ele.

Filipa voltou para casa falando dos furacões, dos ventos que poderiam ser mortais e da falsa calmaria e que os furacões são iguais as nossas vidas, cheias de atribulações, falou do pianista Bola de Nieve. O Dr. Molina era um mundo novo que chegava na Serra das Araras cheio de histórias nunca imaginadas por nós.

No dia de domingo eu estava na casa da menina Filó. Ela tinha quatorze anos, estava de barriga e tinha chegado a hora. A Velha Justina se desaquietou com a criança virada dentro da menina. Ficou com receio do cordão enforcar o rebento e chamou o Dr. Molina. Ele examinou, olhou, olhou, olhou e disse que a Velha Justina fazia tudo certo e que ele não faria melhor. Ficou ao lado só olhando e pondo fé no trabalho da parteira, ficou e foi ficando até que o choro do menino encheu a cozinha onde a mãezinha se acomodava em uma cama de palha esticada no chão. Só então ele deu os parabéns, desejou felicidades para a criança, e foi ver se Filó passava bem.

Quando o Doutor voltou para a escolinha viu o carro, de roda traçada do fazendeiro gaúcho, parado na frente da porta. O homem se apresentou como sobrinho do prefeito e queria a ajuda do Dr. Molina. A sua filha tinha sintomas de febre há cinco dias e carecia cuidado. Era noite e o Dr. Molina fez o atendimento no consultório. O tempo não acabava de passar, a causa do mal era difícil acertar, o Doutor aplicou injeção e deu medicamento que cortou a febre. Falou que era melhor levar a menina para o hospital mais próximo, que fica à 150 km de terra da Chapada, desconfiava de apendicite que poderia complicar.

O pai da menina ofereceu uma paga pelo serviço prestado, ao que Doutor Molina recusou e pediu que fosse procurar o doutor irmão do prefeito para confirmar sua suspeita. Uma segunda opinião poderia ajudar. "Primo meu." Respondeu o pai da menina, e disse que já tinha procurado e que o médico disse que era coisa da idade, que ia passar, nem examinou. Ao saírem, o pai e a filha, Doutor Molina insistiu para que ele fosse direto para o hospital, ele mesmo iria comunicar ao doutor irmão do prefeito. O pai desconversou.

Dr. Molina telefonou para o doutor irmão do prefeito e relatou o ocorrido, ouviu resposta brusca, curta e seca. "Não se meta com os meus pacientes, fique no seu canto fazendo as suas curas com esse povo daí." O acontecido se espalhou de boca em boca pela Chapada e três dias depois chegou a notícia de que a menina havia sido operada de apendicite e estava bem.

As visitas de Filipa ao médico viraram rotina, ela voltava sempre feliz. Um dia ela chegou em casa assustada e contou um acontecido. Quando chegou na escolinha a porta estava aberta, e a porta do cômodo do Dr. Molina, encostada. Não era o seu costume, chamou uma, duas vezes e entrou. Encontrou o médico estirado na cama com uma garrafa de cachaça vazia no chão. Eu corri mais Filipa e demos um jeito, limpamos o quarto que tinha vômito espalhado pela cama, pusemos o Doutor a dormir ajeitado, e assim ficou até o dia seguinte quando atendeu o povo como sempre fazia. Mas o assunto não morreu, alguém viu quando entramos na casa. Nesta vila nada se esconde.

Filipa ficou dois dias envergonhada de voltar a visitar o Doutor. Eu disse que não era assim que devia ser, que ele não desmerecia a sua amizade, Filipa tinha mais é que voltar. E voltou, na mesma tarde foi lá e demorou mais do que era costume. Quando chegou em casa desatinou a falar pelos cotovelos, balangando os braços e perdendo até o fôlego.

– Mãe, ele faz bonecos de mamulengo, sabia? E contou o que viu.

O médico, além de médico, de contador de histórias era fazedor de bonecos de pano, madeira, latas e cordas. Eram mamulengos e ele dava vida a eles falando fino, falando grosso, fosse um boneco de criança, menina ou homem adulto. Ele usou um pano velho, uma meia, cola, um tubo de rolo de papel, juntou tudo e deu vida a uma boneca linda.

*

Agora a semana começava quando eu vi o Dr. Molina chegar na prefeitura. Fiz café novo e ele esperou duas horas até ser chamado pelo prefeito. No tempo que esperou não ficou sozinho, o povo soube que ele estava na cidade, e foi só gente chegando para ouvir um bom dia do médico, perguntar se ele precisava de alguma coisa. Quando o prefeito o chamou ele não o convidou para se sentar, atendeu no corredor como se fosse um desconhecido, eu só ouvindo.

O Dr. Molina disse que gostaria de trazer a esposa para viver com ele, mas que ele precisaria de um convite para ficar no Brasil, precisava fazer um tal exame, uma prova, sei lá, para ser médico igual aos outros que podem praticar em qualquer lugar. Eu tive que sair de perto para continuar o serviço de limpeza, mas o Doutor me procurou antes de ir embora, estava amuado que só. O prefeito disse que não tinha essa ideia de convidar ele pra ficar, que ele só estava por ali porque a presidente do país mandou, e que era para ele seguir fazendo o trabalho do jeito que foi pensado. O Doutor, quase chorando, disse que estava com saudades da esposa que ficou em Cuba, mas de nada adiantou, o doutor prefeito não deu nem mais ouvidos.

Quando voltei pra casa, vi que Filipa andou ocupada o dia todo, até que saiu do quarto carregando um saco de pano e correu para a escolinha. Nem era de tardezinha e ela rodeando a escolinha, esperando que o último paciente do Dr. Molina saísse. Eu vendo tudo da janela de casa, nesta vila nada se faz escondido. Filipa me contou quando voltou para casa.

– Eu fiz um mamulengo para ele ver, ele achou graça e disse que podia ficar melhor. Daí desmontou o meu mamulengo e esticou, buscou mais panos, caixinhas de papelão, pincel, tinta, cola e juntou tudo misturado. Até que, olhe só.

Filipa abriu o saco de pano e tirou uma mamulenga cheia de vida, colorida, jeitosa que só faltava falar. E ela falou pela boca de Filipa que saiu fazendo estripulias com a mamulenga que ela batizou de Afonsa.

E quando perguntei se o Doutor Molina estava com cara boa ou cara de quem bebeu, Filipa respondeu que ele estava bem, só que saiu correndo para atender um paciente quando a noitinha chegou. E eu pensei, quem? Soube depois que era o Rufino, filho da Salete que ficou entre a vida e a morte depois que trabalhou na fazenda espalhando veneno. Pior foi depois, o resto da história.

Quando o Doutor atendia o Rufino, chegou Altino com o carro da prefeitura, falou bufando que era urgente que o Doutor tinha que subir para a Chapada para atender alguém importante. O Doutor disse que não podia ir, que ele não estava autorizado a atender na Chapada e que era para chamar o doutor irmão do prefeito. Pois era ele mesmo, o prefeito, quem deu a ordem de buscar o Dr. Molina. Ele disse que terminaria de atender Rufino que vomitava sem parar, e foi o que fez. Passou mais de uma hora quando ele subiu no carro da prefeitura e foi para a Chapada, parece que o doente tinha sido levado para o hospital e que o Dr. Molina não teve nem tempo de atender. E a gente ficou sem entender se era para ele atender ou não era para atender o povo lá na Chapada.

Com o tempo, a fama do Dr. Molina aumentou. Todos queriam conhecer o médico cubano que tinha cura para sarna, definhamento, langor, quebrantamento ou coisa que o valha. Não era nem preciso estar de remolho para que o Doutor explicasse como fazer para a gente não marasmar. Era ferver água, usar máscara quando jogava veneno na plantação, andar de pé coberto e cuidar de limpar as casas para não juntar escorpião ou o bicho barbeiro. Todo o mundo queria bem o Doutor, mas as coisas nem sempre são. Chegou a notícia que Dr. Molina foi chamado pelo prefeito e tomou uma lambança, foi acusado de não atender um chamado de urgência, foi acusado de cobrar pelas consultas, de fazer aborto, e de ser cachaceiro. A ameaça veio por escrito, dizendo que ele estava com os dias contados na Vila do Retiro Velho e na Serra das Araras. A má notícia voou solta. Aqui na Vila nada se esconde, visse?

Agora tem mais de uma semana que Filipa anda internada no quarto, só saiu para ir à escola e almoçar. No terceiro dia apareceu com um saco de pano que escondeu de mim, mas correu para mostrar com o Doutor. Eu, só de soslaio, soube de tudo. O Doutor me contou que ela entrou toda faceira querendo mostrar o mamulengo novo que tinha feito, era o segundo. Ela disse para o Doutor que um mamulengo sozinho não pode ser feliz, precisa de companhia. Agora Afonsa tinha com quem conversar, disse ela para o Doutor e logo meteu as mãos e começou a armar uma conversa animada entre Afonsa e Amarildo, que era o nome do novo boneco. O Doutor ria sem parar com a história que Filipa inventou. Gostou tanto, tanto, que propôs que ela escrevesse a história para apresentar na festa dos povos do sertão que iria acontecer na vila. Filipa aceitou com a condição do Doutor fazer o papel do

Amarildo. Deste dia em diante todas as tardes eles ensaiavam um teatro com o texto escrito por Filipa, o Doutor fez o cenário, pediu que eu fizesse duas roupas escuras para que o povo prestasse atenção só nos bonecos, e treinou a voz de Filipa para incorporar o papel de Afonsa. Deixaram tudo pronto para o dia da abertura da festa.

Fizeram um ensaio geral e me chamaram para assistir, eu fui, dei as minhas opiniões e seguimos noite adentro a conversar. O Doutor falou da sua esposa, da saudade que sentia dela, e da tentativa que fez para trazer a mulher para o Brasil, e que o prefeito refugou. No dia seguinte seria a festa, a Vila estava enfeitada e reinava uma alegria no ar com gente chegando até de Belo Horizonte. A apresentação da dupla, Afonsa e Amarildo, foi um sucesso, o povo se divertiu e um Professor de Belo Horizonte, que trabalhava com coisas de livros e de escrita, de teatro, assuntou se Filipa não gostaria de estudar por lá. Ela ficou atiçada com a ideia de sair da Vila, quem diria, ela Filipa estudando na faculdade em Belo Horizonte.

Ao fim da festa, o zum-zum-zum veio forte lá da Chapada com a notícia que o Doutor iria embora em dezembro, porque o novo governo queria acabar com o projeto dos médicos cubanos. Todo mundo assuntava, mas ninguém tinha coragem de perguntar. O Doutor Molina seguia trabalhando como sempre fez. E se fosse verdade? Quem ia cuidar do povo? Eu evitei de falar no assunto em casa, mas percebi que Filipa andava desassossegada. Onde já se viu parar com uma coisa que está funcionando. Na prefeitura eu ouvia as conversas nos corredores que eu varria. Ouvi quando o prefeito disse que o novo governo de Brasília resolveu o problema, e que ele nem ia mais precisar arranjar uma desculpa para mandar o médico preto de volta para sua ilha.

Eu ouvia tudo e preferia não ouvir. Não aceitava a verdade que acabou acontecendo. O Doutor também tinha mudado o seu jeito de viver, não parava mais na porta da casa para contar histórias, nem aceitava os convites para jantar com as famílias da Vila, era uma tristeza só. Entendemos, sem carecer de explicação, que na próxima festa dos povos do sertão não ia ter mamulengos.

A tristeza chegou com tanta força na vida do Dr. Molina que ele definhou. Uma tarde de domingo, Filipa encontrou o amigo médico caído de bêbado no quintal da casa. As notícias sobre o estado do médico correram pela Vila e chegaram à Chapada. O prefeito usou do jeito que quis a condição do médico, e ao invés de ajudá-lo, acelerou a papelada para a sua partida. E aconteceu que um dia, sem ninguém saber, Altino chegou com o carro da prefeitura e levou o Doutor mais a mala de roupa dele e a outra com os apetrechos de médico, e foram para Formosa de onde partiria um ônibus para Brasília.

No dia seguinte Altino apareceu aqui em casa e deixou um saco de pano. Quando Filipa abriu, nem precisou explicar, encontrou Afonsa e Amarildo com cara de tristeza que nunca tiveram, os mamulengos olharam para ela pedindo que não os abandonasse.

Nesses anos que passaram desde a partida do doutor, eu fiquei sozinha. Continuei o trabalho na casa da fazenda do prefeito que agora virou deputado e foi morar em Brasília. Melhor assim, sem ele e sem o filho dele por perto, eu trabalho mais feliz. Filipa, a menina guerreira que nasceu com o cordão enrolado no pescoço, agora estuda na Universidade lá em Belo Horizonte, já ficou conhecida até no Rio de Janeiro escrevendo roteiros de peças infantis. Diz que tá tudo bem, mas sente falta do pai que nunca teve.

Vento encanado

Vento, corrente de ar, sopro, assopro, bafo, insuflação, baforada, monção, vento leve, zéfiro, frescor, galerno, bafagem, brisa, favônio, aragem, hálito, viração, aura, assopradela, flabelação, abano, bafejo... tudo menos vento encanado. Vento encanado?

*

Me chamava Hafiz, mas já não estou certo. Perdi minhas referências quando deixei o meu país para escapar das mãos do Taliban. Me aconselharam a mudar de nome, pois eles virão atrás de mim a qualquer momento. Não sou o único sem nome que chegou aqui no Brasil.

Na fuga, atravessei a fronteira do Paquistão, e consegui um voo em Islamabad com destino a São Paulo. Quando desembarquei senti um misto de tristeza e emoção. A primeira coisa que fiz foi ir ao banheiro para lavar o rosto, não queria que as autoridades me vissem com aparência ruim. Afinal eu sou, ou melhor, eu fui um alto executivo do governo afegão. Estudei, fiz estágio e trabalhei por um tempo na Inglaterra, mas de nada serviu o meu diploma. Quando eles tomaram o poder, eu terminava o doutorado em Economia na *London School*, era 1996. Suspenderam a bolsa de estudos, mas eu consegui me graduar e permaneci na Europa sem o status de estudante nem de imigrante. De uma hora para outra, passei a ser um ilegal, pode-se dizer. Quando os radicais foram apeados do poder, eu visitei os meus pais antes que eles morressem. O meu irmão Ali, cinco anos mais velho, vivia na clandestinidade e nunca mais nos encontramos. Na adolescência ele foi a minha referência na vida, mas eu não tinha a menor ideia do seu destino, nem da sua mulher, que eu nem cheguei a conhecer. Há quase vinte anos não nos vemos. Quem poderia imaginar que o Taliban voltaria a tomar o poder com mais truculência ainda do que antes. Com a morte dos meus pais, vendi a qualquer preço os bens da família e comprei a passagem para o Brasil. Tentei procurar meu irmão antes disso, mas não o encontrei. Nessa busca, recebi uma mensagem por meio de um portador, a mensagem velada que essa pessoa colocou nas minhas mãos sugeria que eu fugisse e mudasse de nome pois eu estava na lista dos infiéis marcados para morrer.

No grupo que desembarcou em São Paulo havia mulheres usando burka, jovens com véu, crianças, e um menino solitário que era diferente dos demais.

Moreno, magro, seu rosto tinha feições de criança, olhos negros profundos e carregava apenas uma mochila, nada mais. Quando desembarcamos ele seguia ao meu lado, tentei entabular uma conversa, mas ele não respondeu. Entrou no banheiro junto comigo. Tentou pendurar a mochila em algum lugar para lavar o rosto, eu perguntei se ele precisava de ajuda, e segurei a mochila para facilitar os seus movimentos. Ele olhou para mim com raiva, tomou a mochila das minhas mãos, e sem dizer uma palavra, saiu do banheiro. Um policial gesticulava para que nos juntássemos ao grupo. Acho que ele pensou que fôssemos da mesma família.

Voltei para a fila onde outros trinta afegãos aguardavam para oficializar o pedido de visto de permanência. As pessoas ao redor do menino o interrogavam, mas ele permanecia calado. Os agentes policiais tentavam falar com ele em inglês, mas ele não respondia, uma senhora do nosso grupo tentou se comunicar em *dari* e em *pasthó*, mas o garoto permaneceu calado. As pessoas estavam cansadas e preocupadas por não saberem onde ficariam. O menino permaneceu sozinho, parece que os policiais desistiram dele e resolveram cuidar dos adultos. A sua atitude prendeu minha atenção, ele ficou sentado no chão com os olhos postos em um livro que sacou da mochila. Os agentes nos encaminharam para o local onde passaríamos a primeira noite, que virou uma semana, e que virou um mês. A nossa nova casa era um corredor no aeroporto de Guarulhos, onde um vento encanado zumbia sem cessar.

As autoridades do aeroporto nos deram kits para higiene pessoal e fomos interrogados por agentes do governo brasileiro. O primeiro, um oficial da imigração, ficou surpreso quando eu disse que fui funcionário do governo afegão. Eu respondi a todas as perguntas: Estado civil: solteiro. Profissão: Professor da Universidade e fui também secretário geral do ministério da educação do Afeganistão. Onde estudou: Na Inglaterra. Familiares: Não tenho família, quer dizer, tenho um irmão que se refugiou em uma região controlada pelo Taliban, mas não tenho contato com ele há vinte anos. Razão da fuga: Perdi o emprego por razões políticas, sobrevivi por dois anos, e recebi uma mensagem dizendo que por ter feito parte do governo de reconstrução de Hamid Kazai, estava na lista de condenados à morte e por isso decidi buscar refúgio.

No segundo interrogatório um homem e uma moça se apresentaram como assistentes sociais e perguntaram o meu perfil pessoal. Parece que eles não conversam entre si, porque fizeram as mesmas perguntas do funcionário anterior, depois quiseram saber sobre os meus planos quanto a imigração e as razões da minha fuga. Eu repeti as respostas e disse que desejava um visto, queria aprender o idioma para trabalhar, disse que o Brasil não ira se arrepender se me acolhesse. Eles se entreolharam e deram risada.

O terceiro entrevistador foi um médico que olhava para o celular o tempo todo e me examinou de longe, sem tocar no meu corpo. Não olhou nos meus olhos sequer uma única vez. Pediu à enfermeira que o acompanhava para que medisse a minha pressão e a glicemia, diagnosticou que estavam alteradas e me deu remédios que, segundo ele, resolveriam o meu problema.

O corredor onde estávamos era tão comprido que não dava para ver onde terminava. Recebemos colchões, cobertores e duas refeições diárias que variavam entre sanduiches, sopas e, por vezes, uma mistura de arroz, feijão, macarrão, um pequeno pedaço de carne de frango, e carne assada com farofa.

Os espaços no corredor começaram a ser divididos e organizados. Ganhei uma parte de 4m2 onde fiquei encostado em uma das paredes, o outro lado do corredor deveria ficar livre para a circulação das pessoas. O menino sem nome foi colocado ao meu lado, não arrumou o colchão nem delimitou o seu espaço como todos fizemos. Pegou o sanduiche com uma mão, com a outra mão abriu a mochila, e mergulhou na leitura de um livro. Ele passava o dia todo mergulhado nos livros que tirava da mochila.

Passou-se mais de dois meses, e eu vivendo no espaço de 4m2 em um corredor cheio de crianças gritando, pessoas conversando, discutindo e, chorando. Ao meu lado instalou-se uma família que não veio no nosso voo, chegaram depois de mim. Do outro lado estava o menino com a mochila. No corredor em que estávamos era possível ouvir o ruído das turbinas dos aviões que diminuía depois das duas horas da manhã. As luzes ficavam acesas dia e noite, e ventava, ventava, ventava muito no corredor, sobretudo na madrugada, um vento encanado e frio cujo som tentava nos dizer que aquele não era um local habitável. Com cobertores improvisamos uma penumbra artificial. O menino permanecia deitado sobre o colchão, a cabeça recostada sobre a mochila.

O nosso grupo se organizou como pode. Um senhor de barbas brancas e sobrancelhas grossas, que se apresentou como morador de Kabul, fazia as orações três vezes ao dia. Um remédio para dor de cabeça, uma fralda, um alcorão, tudo era compartilhado. Uma assistente social de nome Aline nos visitava vez ou outra, ela se comunicava em inglês que nem todos entendiam. Ela que me ajudou a instalar o meu laptop, arranjou um adaptador para a tomada e conseguiu uma senha para utilizar uma rede wi-fi do aeroporto que, quando funcionava, era de maneira muito lenta. Eu conectei grupos de afegãos exilados na Europa, nos EUA e no Paquistão, passei a acompanhar a organização do governo no exílio. Com o tempo uma fraternidade forçada nasceu entre nós, os refugiados pelo mundo.

A não ser por pequenos conflitos, o grupo de refugiados do aeroporto de Guarulhos se comportava bem. Além da rede de ajuda mútua, as pessoas mais velhas se dispunham a ouvir os dramas daqueles que precisavam falar. Eu funcionava como uma janela por controlar o único computador do grupo, por onde as imagens dos parentes e amigos eram mais nítidas do que nos celulares. As pessoas contatavam parentes e amigos que permaneceram no Afeganistão ou que se espalhavam pelo mundo na diáspora afegã. Os povos dispersos têm uma razão quase sempre trágica, que explica a anomalia de estarem desenraizados.

Os funcionários do aeroporto passaram a nos prestar alguns serviços, o mais importante foi o banho. Nenhum de nós permanecera sem banho por tanto tempo, e o odor dos nossos corpos começava a afetar a nossa capacidade de resistência e gerava reclamações de trabalhadores e transeuntes do aeroporto. A não ser para o menino, que eu passei a chamar de Youssef, que não se importava com o asseio, as demais pessoas esperavam com ansiedade o momento do banho. Formávamos grupos de cinco pessoas, homens separados das mulheres e crianças, e assim a cada dia da semana, de segunda à sexta-feira, um grupo diferente seguia numa excursão para os chuveiros do banheiro dos funcionários do aeroporto, sempre em horários determinados por eles.

A falta de higiene de Youssef incomodava, não só a mim, mas a todos ao redor. Ele não havia trocado de roupa desde que chegamos. O grupo arranjou roupas limpas e eu pedi que Aline intervisse junto aos agentes para que eu acompanhasse Youssef até o local do banho. Quando chegou a nossa vez, o menino estava com os olhos enterrados em um livro. Eu me aproximei e vi o título: *O Apanhador no Campo de Centeio*, escrito em inglês, portanto o menino tinha recebido educação especial, já que em nosso país poucas são as escolas que ensinam inglês.

Quando o chamei, ele não respondeu. Insisti. E ele não quis seguir comigo. Aline então bolou um plano para levarmos o menino até o banho. A ideia era improvisar um pequeno incidente, uma idosa fingiu passar mal, todo o grupo correu em sua direção, e eu peguei Youssef pelo braço, ele tentou, mas não conseguiu escapar, e por fim, me acompanhou até os chuveiros onde eu tratei de lhe dar o banho que precisava, quase à força, no começo. Tentei puxar conversa:

– Onde você aprendeu a ler em inglês?

– Eu estudava em Chitral no Paquistão. – Ele respondeu a contragosto.

– E qual o seu nome?

– Mohamed Bin Ali.

– Quer conversar sobre o livro que você está lendo? Eu já li.

Ele não respondeu mais depois disso, mas mesmo calado, facilitou o término do banho. Eu o ajudei a enxaguar o corpo e lhe dei a toalha com a qual ele se secou. Ele vestiu as roupas trazidas por Aline, e seguimos para o corredor onde ela nos esperava preocupada.

– Conseguiu?

– Sim, ele está limpo, não é mudo e já sei que se chama Mohamed Bin Ali.

Youssef correu para o seu colchão, voltou ao livro e logo pegou no sono. Eu peguei um dos cobertores e coloquei sobre ele, antes de me deitar também.

A resiliência humana é surpreendente. No corredor do vento eu aprendi a dormir com luzes acesas, ouvindo o troar de turbinas, sentindo odores repulsivos, vivendo com refeições improvisadas e sem sabor, tomando um banho por semana, e sem saber quando tudo iria terminar. Em meio ao caos, o menino não saía da minha cabeça: Bin Ali, quem seria ele? Onde estaria a sua família? Os agentes da imigração faziam as mesmas perguntas. Ao longo dos dias, Bin Ali tirou outros livros da mochila, eram 5 ou 6 livros no máximo, todos escritos em inglês. E ele já havia lido todos eles mais de duas ou três vezes cada um, naqueles dias.

Imaginei uma possível história para Bin Ali, talvez os seus pais tenham sido mortos e alguma alma piedosa o embarcou no voo para o Brasil. Talvez ele seja de família abastada que fugiu na última hora e tentou salvar o menino. Talvez ele tenha vivido em outros países e aprendeu o idioma inglês. Talvez, talvez, talvez...

O tempo que permaneci no corredor do vento conheci dramas piores do que o meu, descobri que eu era uma ave rara por não ter que cuidar de ninguém além de mim mesmo, ao mesmo tempo senti a estranha a sensação de ser um homem sozinho no mundo.

Maridos e irmãos executados pelos talibãs foram as histórias mais comuns que ouvi, mulheres escondidas dentro de burkas eram violadas quando interessava aos extremistas. Todos relutaram em deixar os seus locais por não acreditarem que pudesse existir ódio em tamanha escala. Compreendi que a crueza do radicalismo vem acompanhada pelos interesses pessoais de líderes do momento. Tudo igual, sempre igual, em todo o mundo, em maior ou menor escala de violência.

As pessoas compartilhavam os seus dramas, falar alivia um pouco a dor sentida, alguns admitiam que talvez pudessem ter algum futuro neste país chamado Brasil, já que as notícias de casa não eram boas, ao contrário, cada dia piores. Só não sabíamos quando a nossa situação seria regularizada para deixarmos o corredor do vento do aeroporto de Guarulhos e, enfim, conhecer de verdade o Brasil.

Pela internet, fui contatado pelo grupo de refugiados que vive na Holanda. Eles funcionam como uma central de informações. Disseram que o meu irmão, sempre esteve ligado ao Taliban, mas teve divergências políticas com outros líderes radicais e desapareceu, uma forma delicada de dizer que foi eliminado. Nada sabiam sobre a sua mulher, mas o mais provável é que tenha desaparecido junto com ele.

Eu conversava com o pessoal da Holanda quando Aline chegou para tomar conta das crianças e facilitar o banho das mulheres. Ela improvisou um *hijab* com um xale, tinha a intenção de se aproximar do grupo. Quando as mulheres voltaram, Aline devolveu as crianças para as mães, e se aproximou do espaço de Bin Ali que estava encostado na parede. Ela abriu uma sacola de onde tirou uma quantidade de livros que colocou nas mãos do menino. A maioria em inglês, mas havia também alguns livros em português. Pela primeira vez vimos o seu sorriso aflorar.

Aline passou a maior parte do tempo ouvindo os relatos das mulheres. Eram histórias sobre opressão, abusos de todos os tipos e exploração. Uma das mais jovens tinha servido como escrava sexual para um grupo de lideranças extremistas na vila onde morava com seus pais, todos foram eliminados menos ela. As histórias, muitas parecidas, eram sempre de tristeza e fatalidades. Aline precisava dividir a carga de emoção depois de ouvir tantos relatos de miséria. Ela me escolheu por alguma razão e eu a ouvia calado.

Todos os dias eram iguais, o vento, o ruído das decolagens, o almoço e o jantar improvisados, a oração dos homens, o grupo do banho, e as visitas de Aline ou de um ou outro funcionário do aeroporto e da imigração, que nada resolviam. Mas naquela manhã, eu ouvi vozes masculinas como se houvesse uma peleja. No final do corredor havia sinal de tumulto, dois colegas do nosso grupo estavam montados sobre um homem que, caído no chão e imobilizado, gritava:

– Jesus irá salvá-los! Vocês devem se converter e suas vidas mudarão! Vocês serão salvos! Entreguem suas vidas nas mãos de Deus!

Os seguranças do aeroporto interviram e separaram a refrega, os meus colegas falavam em *dari* misturado com inglês. Havia ali uma discussão religiosa da qual a maioria não entedia exatamente porque começou e chegou aquele ponto. O homem continuou aos gritos, até a sua voz desaparecer quando a porta do corredor foi fechada. Soube depois, por Aline, que era um pastor evangélico que tentava convencer alguns dos refugiados a seguir sua religião e acompanhá-lo em orações das quais eles desconheciam.

Dias depois, dois rapazes e uma moça se apresentaram como membros de um grupo de ajuda humanitária, os oficiais permitiram o acesso ao corredor dos ventos. Dessa vez a oferta não era de salvação, mas de facilitação para a obtenção de vistos de permanência. Com uma boa história e uma promessa atraente, eles convenceram um grupo de 5 pais de família cujo principal desejo era o de regularizar a permanência no Brasil. Preencheram um questionário, auxiliados por um dos homens do grupo de apoio. A chegada de Aline foi providencial, visto que alguns já tinham pagado cem dólares para dar seguimento nos trabalhos burocráticos. Ela denunciou a farsa aos oficiais e ninguém percebeu quando eles fugiram com cerca de quinhentos dólares roubados de quem já não tinha muita esperança nem dinheiro.

O meio-dia era o momento de contatar os patrícios que vivem na Holanda, conectados via zoom. Eles tinham informações sobre o meu irmão, a notícia da morte foi confirmada, ele era um dos líderes do Taliban em uma região ocupada entre o Afeganistão e Paquistão, mas após divergências com outros líderes, foi jurado de morte. Juramento este que havia sido cumprido e, ao que tudo indica, toda a sua família, da qual eu jamais tivera notícias, havia sido eliminada.

Com o passar do tempo, meses, o grupo original de refugiados do aeroporto foi minguando, algumas famílias seguiram para cidades do interior, outros para um abrigo temporário no litoral, e um grupo maior fora alojado em centros comunitários de São Paulo ou de municípios próximos ao aeroporto. Duas mulheres que estavam sozinhas foram para um alojamento feminino da comunidade muçulmana. Longe do corredor do vento, eles aguardarão os vistos de permanência. Ao mesmo tempo, novos refugiados chegavam e os grupos iam se acomodando espalhados pelo corredor. Eu funcionava como uma espécie de orientador dos recém-chegados, e temi que essa minha função talvez me deixasse ali por tempo indeterminado. Por fim, do nosso primeiro grupo, sobramos eu e o menino apenas, eu com sentimento de solidão, perguntava aos oficiais qual a razão de todos terem conseguido um destino, menos nós. Mas não recebia nenhuma resposta concreta. Até que fui chamado pelos oficiais mais uma vez, havia uma representante das Nações Unidas que precisava conversar comigo. As perguntas foram dirigidas para o histórico de Ali, meu irmão, eles queriam saber detalhes da sua vida, queriam se certificar de que eu realmente havia perdido o contato com ele. Foram dias de conversa, até que, finalmente, a agente das Nações Unidas sugeriu que conversássemos a sós na sala da Polícia Federal. Fiquei preocupado, talvez eles estivessem com a intenção de me deter por desconfiarem da veracidade do meu relato. Eu disse toda a verdade, nada tinha a esconder. Disse que poderiam vasculhar meu computador se quisessem. Comentei sobre o contato e os relatos dos conterrâneos na Holanda. Comecei a transpirar e senti medo. A agente das Nações Unidas se dirigia a mim de modo respeitoso, o que me acalmava um pouco, a seguir entrou na sala um jovem que se apresentou como funcionário do Consulado da Inglaterra.

– Temos duas boas notícias para o senhor. Temos um visto de permanência na Inglaterra, caso o senhor aceite uma condição.

Eu reagi com espanto. E perguntei:

– Por que Inglaterra e qual a condição?

– Porque o senhor viveu lá, estudou lá e chegou a trabalhar lá. Mas a segunda notícia talvez esclareça a razão e a condição. – Respondeu a mulher.

Ela levantou-se e pediu que eu a acompanhasse até a sala ao lado onde o garoto bin Ali se encontrava sentado em um pequeno sofá, tinha a sua mochila ao lado, e folheava um livro em português.

– Esperamos que o senhor aceite ser o tutor deste menino, que perdeu todos os parentes. Nas nossas investigações descobrimos que o nome do pai do menino era Ali, e ele foi colocado por alguém no voo para o Brasil para não o deixar lá, entregue a própria sorte, correndo risco de perder a vida. É nosso dever tentar resolver casos difíceis criando laços entre pessoas que podem se auxiliar. O senhor perdeu o seu irmão, ele perdeu o pai, ambos se chamavam Ali. Quem sabe vocês possam seguir juntos.

Koyou no Kaze

Apenas o vento entre os pinheiros permaneceu, soando como chuva passageira no outono.

*

Entrei na casa do Sr. Yukio e vi uma moça cortando as unhas dos seus pés. Alguém substituiu a cuidadora idosa, pensei. Ao perceber a minha presença a jovem se levantou e me cumprimentou. Eu me apresentei.

– Sou amigo do Sr. Yukio, antes do acidente ele frequentava o mosteiro budista onde eu vivo. Costumo visitá-lo todas as semanas.

A moça tinha as feições de uma japonesa, aparentava ter entre 20 e 30 anos, mal falava kanji, mais parecia uma gaijin. Matsu era o seu nome, brasileira, neta de japoneses que emigraram após a guerra. Veio para o Japão como trabalhadora temporária, uma dekassegui como são conhecidos.

– Posso servi-lo em algo?

Eu aceitei um copo de água, e me aproximei do Sr. Yukio para rezar um sutra para os enfermos. Matsu retomou a tarefa que fazia com delicadeza sob o olhar enigmático do Sr. Yukio. Sem interromper o trabalho, ela dirigiu-se a mim.

– O Senhor me permite fazer uma pergunta?

– Claro.

– Quando o filho do Sr. Yukio me entrevistou na agência de empregos, ele disse que o pai tem 70 anos. O que aconteceu para ele ficar nesse estado?

– Ele tem boa saúde exceto pela sua mente que deixou de funcionar, não reconhece ninguém desde que acordou no dia 20 de janeiro de 1995, três dias depois do terremoto que destruiu Kobe e lhe roubou a vida da filha, ela tinha 15 anos e se chamava Murasame.

– O Sr. Yukio às vezes me chama de Murasame e declama poemas para mim. Bonito nome, quero dizer, soa bem embora eu não saiba o significado.

– Sim, o nome significa: Vento de Outono. O Sr. Yukio não pode exercer a atividade que amava, era um excelente protético e um homem dedicado às artes cênicas, foi ator do teatro Noh tal como o seu pai, o seu avô e o seu bisavô.

– Teatro Noh? – Perguntou Matsu, querendo saber do que se tratava.

– Noh é uma forma tradicional de teatro onde atuam apenas homens, usando máscaras e indumentárias finamente elaboradas, tratam de temas fantásticos, as máscaras representam os sentimentos humanos inspirados na tradição budista. O teatro Noh tem poucos atores em cena, que são acompanhados por músicos que tocam percussão, cordas e flauta, além de fazer um coro de vozes. O palco tradicional mede seis por seis metros, ao fundo um painel traz a imagem de um pinheiro, uma árvore sagrada para o budismo, na lateral do palco existe uma ponte – hashigakai – por onde os atores e músicos entram e saem de cena. Ao redor do palco há um fosso com pedras brancas que refletem a luz ambiente, no passado não havia iluminação artificial. O palco tem uma cobertura suportada por quatro pilares de madeira como se fosse um templo.

– Que lindo deve ser um espetáculo do teatro Noh. – Disse Matsu.

Eu me levantei e abri o armário que fica na parede ao fundo da sala, de onde retirei as vestes de um personagem que foi representado pelo Sr. Yukio.

– Esta é a roupa de Yukihira, o personagem que ele mais gostava de representar.

Matsu aproximou-se e observou os detalhes da roupa e da máscara que era parte da indumentária.

– Lindo! – Exclamou tocando suavemente no tecido.

– A administração da sociedade de arte mantém o grupo de teatro há mais de 200 anos. Eles pagam parte dos custos do tratamento do Sr. Yukio, inclusive o seu salário, Matsu. O poema que ele declama pra você foi escrito por Shiokumi e reescrito por Kannani e há uma terceira versão, de Zeami, que ele representava. É um drama do teatro Noh denominado Kouyou no Kaze[1].

– Qual o enredo do drama? – Quis saber Matsu.

– A história se passa na região de Kobe, o local é o mosteiro onde eu vivo, e o pinheiro presente na narrativa pode ser visitado no nosso jardim. A história diz que um monge chegou a Suma – antigo nome da região de Kobe – parou sob o pinheiro frondoso e perguntou a um passante a respeito daquele local. O pinheiro, disse o morador, marca o túmulo de uma mulher que morreu louca de amor por um nobre que a abandonou. Ao saber da história, o monge rezou um sutra e seguiu o caminho. Uma tempestade se formava quando o monge encontrou duas moças e perguntou se elas teriam um lugar onde ele pudesse passar a noite em segurança. Elas disseram que eram trabalhadoras da salina, por serem pobres tinham vergonha de receber o monge na sua cabana. O velho respondeu que há muito tempo renunciou ao conforto do mundo, e qualquer local seria bom para si. Elas aceitaram e lhe deram abrigo. Quando chegaram na cabana, as irmãs lhe ofereceram um chá e o monge contou que soube da história do pinheiro e que ele rezou um sutra pela mulher lá enterrada. As moças se entreolharam e começaram a chorar, revelaram que eram as almas

1 Vento de Outono é a tradução de Kouyiu no Kaze.

das irmãs que se apaixonaram por um nobre de nome Yukihira, que as abandonou e seguiu para a província de Inaba. Elas pediram que o monge rezasse por elas, teriam que aguardar muito tempo para atingir a iluminação. Dizem que a alma da irmã que enlouqueceu ainda dança ao redor do pinheiro, tal como fez quando o nobre as deixou.

Quando concluí a história sobre o drama tão conhecido por aqueles que admiram o teatro Noh, Matsu me perguntou se eu a levaria para visitar os jardins do mosteiro para ver o pinheiro. Eu lhe disse que a receberia na próxima semana e que ela poderia assistir o drama, pois estava em cartaz no teatro local, um teatro dedicado à arte Noh. Se a minha narrativa lhe causou emoção, certamente ela iria apreciar o espetáculo.

Eu calçava as sandálias na saída da casa do Sr. Yukio quando lembrei de um detalhe e voltei para contar para Matsu. O filho do Sr. Yukio é o ator que o substituiu depois da invalidez, ele se chama Yukihira em homenagem ao personagem do drama.

Na semana seguinte, como de costume, fui visitar o Sr. Yukio e me deparei com Matsu preocupada. O Sr. Yukihira esteve na casa e perguntou para Matsu se ela gostava do trabalho que fazia. Ela relatou que o Sr. Yukihira foi gentil e lhe contou sobre a sua profissão. Matsu disse que eu lhe mostrara a indumentária usada pelo Sr. Yukio e que ficou emocionada com o enredo do drama, e que eu a levaria ao jardim para visitar o pinheiro. O Sr. Yukihira sensibilizado pelo seu interesse, sentou-se ao seu lado e lhe contou sobre a vida de ator, falou sobre as viagens e festivais que participa em várias partes do mundo. Explicou detalhes a respeito do teatro Noh, como a coordenação dos passos dos atores com a música. – é quase um bailado, meu pai atuava com o refinamento de um mestre – afirmou o filho do Sr. Yukio.

– Então, se a visita foi tão cordial qual a razão de você estar preocupada? – Eu perguntei. Matsu respondeu que se o Sr. Yukihira foi amável, mas a mulher que o acompanhava não teve a mesma atitude.

– A princípio ela ficou calada ouvindo a nossa conversa, quando o Sr. Yukihira falava palavras de carinho para o pai, ela me levou ao jardim e perguntou se eu sabia como se define um dekassegui, um trabalhador estrangeiro temporário. Respondi que não sabia, então a mulher disse três palavras: kitanai, kiken e kitsui, ou seja, nós fazemos o trabalho sujo, perigoso e pesado. Ela deixou claro que a sociedade de arte que ela dirigia pagava o meu salário e que ela preferia uma japonesa para realizar tal trabalho.

Quando voltaram para a sala o Sr. Yukihira segurou as mãos de Matsu e disse que achava o Brasil um país fascinante que um dia visitaria. Sob o olhar da diretora, o Sr. Yukihira tinha toda a atenção voltada para Matsu, e assim se despediram. Ao final da tarde um portador trouxe um buquê de flores e um envelope com dois ingressos para o espetáculo do teatro Noh.

Matsu estava confusa com os sinais contraditórios que recebeu, a atração do Sr. Yukihira contrastava com a atitude preconceituosa da diretora pelos dekasseguis. Ela relatou que sentia uma tristeza infinita, e que tinha outra expectativa quando decidiu trabalhar por um ano na terra dos seus avós. Eu a consolei dizendo que o comportamento humano nem sempre é suave, que as pessoas iluminadas são as que seguem o caminho do Buda, e que outras sofrerão sem compreender. Tentei deixar um pouco de paz na sua mente, rezei um sutra ao seu lado antes de sair, e combinei que viria buscá-la ao final da tarde para visitarmos os jardins do mosteiro, o pinheiro para depois seguirmos juntos ao teatro Noh.

Quando fui buscar Matsu, ela estava hidratando o corpo do Sr. Yukio cujo olhar revelava o prazer que a massagem lhe proporcionava. Matsu me cumprimentou e disse.

– A pele do Sr. Yukio está criando feridas, ele passa a maior parte do tempo deitado ou sentado na cama. – Matsu prosseguiu a tarefa que executava com habilidade, e comentou que passou o dia inquieta. – Eu não consegui dormir na noite passada, o Senhor não esqueceu da promessa que me fez, não é? Veja aquele envelope sobre a mesa, foi deixado aqui pelo Sr. Yukihira.

Matsu mantinha os movimentos circulares vigorosos das mãos nas costas do Sr. Yukio. Eu abri o envelope e vi os ingressos para o espetáculo daquela noite. Só então Matsu interrompeu a tarefa, o seu olhar brilhava, ela estava feliz e eu me senti mais perto da iluminação por ter feito o convite. Só então respondi que tinha autorização para que ela visitasse o jardim do mosteiro onde fica o pinheiro sagrado. Depois da visita seguiríamos para o teatro. Matsu tomou os ingressos das minhas mãos e num ato de extrema felicidade os mostrou ao Sr. Yukio.

– Veja – disse ela – vamos ver o seu filho interpretar o drama das irmãs apaixonadas. O olhar do Sr. Yukio fixou-se no rosto dela, depois voltou o olhar para mim e começou a balbuciar algumas frases, aumentou o volume da voz aos poucos até que o som se tornou audível e ele disse com voz pastosa:

À noite quando a tempestade passou sobre o bosque de pinheiros e chegou às areias da praia, duas mulheres que não podem se iluminar por causa da sua obsessão apareceram nos sonhos do monge. Por favor reze por nós. Assim elas se despediram ficando apenas o som das ondas quebrando na praia.

Eu não acreditei que tivesse ouvido o Sr. Yukio declamar uma das últimas cenas do drama que ele interpretou por décadas. Eu e Matsu nos olhávamos, incrédulos, quando a campainha anunciou a chegada da substituta de Matsu indicada pela agência de empregos, assim ela pode preparar-se para o passeio.

Caminhamos até o mosteiro a poucos quarteirões da casa do Sr. Yukio. Ao chegarmos eu parei e rezei um sutra de boas-vindas pois era a primeira vez que Matsu entrava em um local consagrado a Buda. Ela caminhou pelas alamedas e olhou cada detalhe, passamos pela roda de orações, ela de modo singelo acionou cada cilindro com os sutras sagrados. Matsu absorveu a paz do local, manteve silêncio e voltou-se para mim quando me detive à frente do pinheiro sagrado cujo tronco envelhecido é protegido por uma pequena cerca e rodeado por um canteiro de flores. Eu permaneci em oração meditativa por instantes e rezei um sutra, talvez o mesmo que consta na história do monge e das mulheres apaixonadas.

– É o pinheiro? – Perguntou Matsu.

Quando eu balancei a cabeça positivamente ela fechou os olhos e curvou-se em respeito ao significado daquele lugar, ali permanecemos por um tempo. Aguardei o momento em que ela sinalizou que havia terminado, e seguimos para o teatro.

O Sr. Yukihira reservou dois lugares privilegiados de onde é possível ver todo o palco e o painel com um pinheiro representado ao fundo. À nossa direita estavam os instrumentos dispostos no chão à espera dos músicos, à esquerda a ponte por onde entraram os atores e os músicos depois de atravessarem uma cortina que oculta os bastidores. O teatro Noh me revelou as duas irmãs apaixonadas, o nobre Sr. Yukihira, o monge e os demônios representados por atores mascarados.

Matsu navegava no encantamento da encenação, da música, das declamações do coral que entremeavam com a fala dos personagens e dos demônios mascarados. As atrizes que representavam as duas irmãs transmitiam a paixão pelo nobre Yukihira, cuja entrada no palco foi o momento maior do espetáculo. A música soava como o vento no outono e o Monge surgiu caminhando ao longo da ponte em passo que obedecia ao ritmo marcado pelos instrumentos de percussão. Ele se postou diante das duas irmãs a quem pediu abrigo, a seguir elas tentam se esquivar por serem muito pobres e a reação do Monge as convenceu de que ele era um homem dedicado ao sagrado.

Matsu tremia quando o personagem Yukihira caminhou em direção ao público e se postou à nossa frente. A máscara não permitia ver o seu rosto, mas sabíamos que era ele, o filho do Sr. Yukio que podia ver Matsu na plateia. O ator se atrapalhou e, pela primeira vez, os seus passos perderam o ritmo marcado pelos tambores.

Ao final do espetáculo os atores e os músicos se retiraram do palco, os aplausos demonstravam a emoção do público. Um dos músicos entregou um bilhete para Matsu, ela leu e o guardou na bolsa. O público deixava a plateia, e ela me agradeceu pela companhia, pela visita ao monastério e disse que voltaria sozinha para a casa do Sr. Yukio.

*

Yukihira não costumava me visitar no mosteiro, nossos encontros eram esporádicos e ocorriam na casa do Sr. Yukio. Naquele dia foi diferente, ele me procurou dois dias depois do espetáculo e parecia transtornado, não conseguia concatenar as ideias. Eu o levei ao templo, rezei um sutra ao seu lado e acendemos incenso para os antepassados pedindo que nos ajudassem. Yukihira se acalmou e me relatou o que aconteceu depois do espetáculo.

Ele convidou Matsu para encontrá-lo no bar ao lado do teatro. Ela chegou um tanto hesitante e aproximou-se do balcão. Yukihira lhe ofereceu algo para beber, ela aceitou sakê e a seguir Matsu falou do sentimento pelo drama do personagem Yukihira, ela vivenciou cada momento representado na peça, e agradeceu o convite recebido. Yukihira confessou que estava atraído por Matsu, disse que ficou tão emocionado quando a viu na plateia que errou o ritmo dos passos sobre o palco, fato nunca ocorrido. Matsu o ouviu e disse que também se sentia atraída por ele, mas deixou claro que sabia que uma dekassegui não era bem acolhida no Japão. Ela reconhecia o seu papel de mão de obra necessária, porém, descartável a qualquer momento.

No bar a conversa atingiu um tom intimista, Matsu e Yukihira falavam sobre os seus fantasmas, de modo especial ela falava da solidão que sentia ao final dos dias de trabalho quando se retirava para o quarto nos fundos do jardim da casa. Ela gostava das horas que passava cuidando do Sr. Yukio, mas era difícil ficar sozinha. Uma dekassegui não se socializa, a única opção seria ir ao encontro de outros decasséguis, mas isto ela não desejava. O casal já tinha se servido de generosas doses de saquê quando a conversa foi interrompida pela diretora da sociedade cultural.

– Posso me aproximar do casal? Uma profissional altamente recomendada pela agência parece estar um tanto alterada, os gaijin não estão acostumados a beber saquê de boa qualidade. Da próxima vez que eu contratar alguém para cuidar do seu pai eu serei mais cautelosa.

Yukihira pediu que a diretora do teatro parasse com provocações, disse que Matsu era sua amiga e que a respeitasse. Matsu estava tonta com as doses de saquê que tomara, tentou organizar as ideias, levantou-se e andou cambaleando na direção da porta do bar.

– Lembre-se Yukihira: kitanai, kiken e kitsui, são os adjetivos que definem estes trabalhadores. Eu tenho o dever de dirigir bem as atividades da sociedade de cultura, o que inclui decidir quem deve cuidar do seu pai. Sou a responsável pelo orçamento e pelos contratos dos atores, o que significa que eu defino quem faz o papel do nobre Yukihira. Hoje você cometeu um erro indesculpável em pleno palco, não me obrigue a mudar de opinião a seu respeito. Quando a diretora terminou de falar, Yukihira percebeu que Matsu havia deixado o bar sem se despedir. Estava claro que ela não lhe daria chances.

O que eu poderia dizer para o Sr. Yukihira? Sugeri que ele deveria seguir cativando Matsu, talvez ela mudasse de ideia. Me parecia mais preocupante lidar com a diretora.

Yukihira falava quase sem respirar, embora eu o tivesse acalmado, o seu drama ainda não terminara. Na manhã seguinte ele foi à casa do Sr. Yukio para encontrar Matsu. Quando Yukihira entrou na casa do pai, avistou Matsu que não foi além dos cumprimentos formais dando a entender que não desejava tocar no assunto do encontro. Yukihira insistiu e quando Matsu se dirigiu ao seu quarto ele a alcançou no jardim. Matsu o confrontou.

– A diretora tem razão, eu sou uma dekassegui, um ser que não pode ter outras intenções que não a de fazer o trabalho sujo, pesado e perigoso.

Ela andou em direção ao quarto, e Yukihira seguiu ao seu lado, e quando Matsu se deu conta ambos estavam no pequeno recinto que media quatro tatames e tinha um futon estendido.

– Você não deve se enganar a meu respeito, eu devo voltar para o Brasil.

Yukihira a abraçou e ambos permaneceram unidos à luz pálida que iluminava o quarto sem mobília.

Isto foi tudo o que Yukihira conseguiu me contar antes de sair do mosteiro, foi a última vez que nos vimos.

*

Passados três dias, recebi a visita de Matsu que me aguardava à sombra do pinheiro.

– Este é um dos lugares mais tranquilos que conheci na vida, o Senhor é privilegiado por viver aqui.

Eu tentei mostrar que a vida monástica tem percalços e dificuldades. Além de cuidar do local, os quatro monges residentes se dedicam ao cultivo das quatro nobres verdades ligadas ao sofrimento humano. Falei dos nossos afazeres no mosteiro, mas Matsu permanecia inquieta, e assim que fiz uma pausa, ela revelou a razão da sua visita. Havia recebido um chamado telefônico da agência de empregos. O contrato foi interrompido e outra profissional ocuparia o seu lugar. Ela teria que deixar o alojamento em 48 horas. Foi informada também que havia um envelope à sua disposição no escritório da agência com uma passagem para retornar ao Brasil.

Quando a noite chegou, ela foi ao teatro e assistiu o drama sentada em uma poltrona ao fundo da plateia. Foi a despedida de Yukihira que não soube da sua presença. Matsu me mostrou o envelope com a passagem e alguns yens para o custo de um quarto de hotel até o embarque. Ela veio se despedir, eu lhe perguntei se ela havia falado com Yukihira. Ela respondeu que seria sensato não se despedir dele, sabia que a sua condição na companhia de teatro estava em jogo.

Assim nos despedimos à sombra do pinheiro que no momento era a única testemunha do drama vivido por Matsu. Ela se levantou e fez uma reverência em agradecimento. Os caminhos do sofrimento são insondáveis, mas são os caminhos que temos.

Neste mesmo dia em que me despedi de Matsu, resolvi visitar o Sr. Yukio. Encontrei um jovem realizando o trabalho que fora de Matsu. O Sr. Yukio havia tomado banho e caminhava lentamente amparado pelo jovem cuidador. Eu me aproximei, me apresentei e tentei falar com o Sr. Yukio que mantinha o olhar ausente com qual eu já me acostumara.

O final do drama não se passou no palco do teatro, mas na vida real. Eu soube dos detalhes quando fui chamado a depor na polícia investigativa. Yukihira havia visitado a casa do pai de onde retirou as vestes do personagem Yukihira, dali seguiu para o teatro onde pegou outras roupas utilizadas no espetáculo. Ele não se apresentou para a performance daquela noite, e não foi visto ao longo dos dois dias seguintes. O frio chegou acompanhado pelas chuvas de outono. Um vulto foi visto andando no Parque Meriken ao lado do monumento dos emigrantes, vestia roupas tradicionais e alguém encontrou uma máscara perto do píer. Na manhã seguinte, eu iniciara as orações matinais e saí a caminhar pelo jardim do mosteiro, quando me deparei com o corpo de Yukihira caído ao lado do pinheiro. Ele trajava a roupa feminina da personagem cujo nome era Matsukaze, uma das irmãs apaixonadas.

A morte de Yukihira foi noticiada pelos jornais. Um homem, conhecido ator do teatro Noh, morreu trajando a indumentária de uma personagem feminina do drama. Depois da remoção do corpo e da saída da polícia científica, eu permaneci ao lado do pinheiro e rezei um sutra, o mesmo que o monge rezou na peça do teatro Noh. Quando eu voltei para o mosteiro ouvi o som do vento de outono soprando através do pinheiro.

Tornado *warning*

Tornados são ventos fortes provocados pelo encontro de massas de ar quentes e frias, são comuns na Carolina do Norte entre os meses de março e maio podendo ocorrer em qualquer época do ano. Em alguns casos formam um funil que liga o solo a uma nuvem de tempestade, em geral um cumulonimbos. Ao tocarem o solo podem chegar a mais de 400 km por hora causando destruição por onde passam.

*

O que eu quero agora é um prato de arroz e feijão. Um banho também seria perfeito. Eu não lembro quando foi a última vez que lavei esse meu corpo doído. E caso tivesse um colchão, seria um luxo. Não tenho ideia de quanto tempo vão me deixar mofando nesse lugar, ouço gente falando em inglês, em espanhol, aqui só não se fala português. O que adiantaria? Bem que meu pai alertou: "filho, fique por aqui, a coisa lá pode ser perigosa." Minha mãe só chorava. Eu vim de teimoso que sou, eles tinham razão.

Ouvi um barulho de ferros e a porta foi aberta, levantei a cabeça e a luz branca e forte do corredor bateu nos meus olhos, custou até que eu distinguisse a silhueta de um policial alto e gordo vestindo uniforme preto um número maior que seu corpo. Ele entrou e me encontrou acocorado, sem falar me cutucou com um bastão. Ele usava suspensórios, tinha as mãos e o rosto encardidos e suava, suava muito quando me olhou com cara de nojo.

– *Mr. Joáo Rosa! Follow me.* – Saiu da cela e parecia que me esperava do lado de fora.

Acho que é para eu ir, mas aonde vão me levar?

Na casa da granja, era eu quem servia o jantar para Mr. Coleman. Todas as noites ele se sentava à mesa às seis e meia e exigia que a comida estivesse servida. Eu lhe banhava pelas manhãs, ajudava a vestir as roupas, empurrava a cadeira de rodas até a sala do café, e depois para a varanda. O velho me xingava o tempo todo em que eu cuidava dele e da casa. A granja tinha cinco galpões de frangos que eu limpava todos os dias, recolhia o esterco e depositava em um silo onde misturava com restos de folhas. Foi o emprego que consegui quando eu cheguei no condado de Duplin na Carolina do Norte, não tinha documentos nem autorização para ficar no país. Eu era mais um ilegal.

Sair de Governador Valadares, cheio de esperanças, e chegar no Galeão foi fácil, comprei uma passagem para o Panamá, de lá fui para a Cidade do México, onde me encontrei com um grupo de haitianos e costarriquenhos com quem viajei em direção à fronteira. Os coyotes mexicanos levaram todo o dinheiro que eu tinha. Atravessei o rio com a água molhando a minha bunda em uma noite gelada de dezembro, peguei carona de caminhão em caminhão até onde deu. Me avisaram que perto do Natal seria mais fácil passar pela fronteira, eu estava quase sem dinheiro e o coyote mexicano me deixou sozinho, só apontou o dedo na direção do rio e me orientou: siga adiante, caminhe, cruze o rio, não olhe para os lados, se te chamarem, ignore. Na outra margem está o seu destino, daqui em diante você está por sua própria conta.

Atravessei o rio ao lado de pessoas que seguiam na mesma direção que eu, corri quando alcancei a margem e não olhei para onde pisava. Quando o meu coração quis sair pela boca, eu me sentei no chão atrás de um arbusto, ouvi sirenes e vi policiais montados a cavalo batendo nos vultos que ficaram para trás. Dei sorte, passei carregando uma mochila com poucos dólares, documentos brasileiros e uma foto dos meus pais.

*

– Negro vagabundo, me traga uma garrafa com água!

Eu me acostumei a ouvir os berros do Mr. Coleman. Ele nunca perguntou o meu nome e nem pagou o salário que tratamos. Quando eu cheguei, ele viu o meu estado e ofereceu um canto no galpão onde guardava as máquinas e ferramentas. Passei a primeira noite com a cabeça encostada no pneu de um trator. Eu limpo a merda das galinhas, limpo a bunda do velho, limpo a casa, enquanto espero algum milagre que me leve até Nova York.

– Negro, tire a mesa, me leve até a televisão, traga uma garrafa com água e suma daqui.

Enquanto eu limpava a mesa ouvi o noticiário falando em "*tornado warning*", eu não sabia o que significava. O velho ficou preocupado e telefonou para o seu filho que vive em Raleigh. Ele repetiu "*tornado warning*" várias vezes, eu não consegui ouvir o resto da conversa, só a parte quando ele olhou para mim e disse que eu era preguiçoso, que o filho deveria conversar comigo quando viesse até Duplin e que achava que deveria me dispensar. Quando eu coloquei a água sobre a mesa, o velho disse que eu era um negro que cheirava mal. Isto eu consegui entender.

*

A noite tinha sido quente e úmida, despertei e abri a porta do galpão das máquinas em busca de ar fresco. O céu estava carregado de nuvens escuras, e o vento soprava e parava de modo estranho. Fui cuidar de Mr. Coleman que estava furioso igual ao céu da Carolina do Norte. Quando saí para fazer a limpeza dos aviários e colocar a ração nos cochos a energia foi interrompida e o ambiente ficou escuro, era como se a noite tivesse chegado antes da hora. Perto do horário do almoço, que Mr. Coleman exigia que eu preparasse, o vento aumentou varrendo os objetos que estavam fora da casa. O velho tentou fazer uma chamada telefônica, mas não havia serviço disponível. Ficou furioso, gritou comigo e dizendo que eu era um negro que trouxera mau agouro para a sua casa.

Saí em silêncio para recolher as aves mortas nos galpões como faço todos os dias. Uma enorme nuvem escura pairava a poucos metros da casa, ligando a nuvem ao chão formou-se um funil de vento que rodopiava e, quando tocava o chão, carregava tudo o que encontrava para o alto, como se sugasse a terra. Fiquei estarrecido, nunca tinha visto um tornado, ouvi os gritos de Mr. Coleman sentado na cadeira de rodas atrás da porta da sala entreaberta. Ele gritava, mas eu não entendia as suas ordens, ele segurava uma chave na mão e apontava para uma pequena construção ao lado do galpão das máquinas.

– Me leve para o abrigo, negro imundo, não vê que estamos no meio de um tornado?

A cadeira de rodas não era apropriada para atravessar o terreno por onde rolavam telhas, pedaços de madeira e muita poeira. Eu entrei na sala, peguei a garrafa com água que estava sobre a mesa, tomei o velho nos braços, joguei-o sobre o meu ombro e corri com ele até o local que ele dizia ser o abrigo. Foi tudo muito rápido, ao levantar os olhos vimos o funil tocar o telhado destruindo a casa. As paredes de madeira ondulavam como se fossem as roupas no varal da minha mãe em Governador Valadares. Meti a chave no cadeado e destravei a porta horizontal que ficava pouco acima do nível do chão. Levantar a porta foi mais difícil do que destravar o cadeado, o vento soprava com força, quando eu consegui joguei o corpo do velho para dentro do abrigo e saí para fechar a porta que tinha ficado totalmente aberta no chão. Eu a empurrei contra o vento e caí no espaço escuro do abrigo ao lado de Mr. Coleman que urrava de raiva ou dor, não tenho certeza. Ele me ofendia enquanto a porta, movida pelo tornado, batia com um ruído surdo, seguido pelo silêncio.

Ficamos deitados no piso de terra, esperei até recobrar o fôlego e Mr. Coleman parou de esbravejar. O local era um bunker quadrado com três metros em cada lado. Ao ficar em pé senti a cabeça resvalar no portão de madeira. Brinquedos quebrados estavam amontoados em um canto, um pedaço de estofado serviu para acomodar o velho paraplégico. A escuridão era total e o barulho de fora, ensurdecedor. Batidas fortes sugeriam que objetos pesados flutuavam no ar e caíam sobre o solo. Quando o vento diminuía, ouvia-se o cacarejar das aves que deviam estar espalhadas pela área da granja, imaginei que os galpões haviam sido arrancados do chão pelo vento.

– Estou com vontade de cagar – disse o velho que me obrigou a improvisar um penico com um resto de brinquedo de plástico colorido, eu precisei segurá-lo pelos braços pois ele não tinha força nas pernas. O cheiro tornou-se insuportável. Depois que eu vesti as calças no velho, ele começou a reclamar e me ordenou que pegasse a garrafa com água caída em um canto do abrigo, disse que tinha sede e que queria se limpar.

*

Aqui na cela faz calor e a umidade gruda as roupas na minha pele. As lembranças de Valadares aparecem como um fruto doce na boca de uma criança, lembrei do banho de rio lá perto do Morro do Carapina, das ruas de terra que viravam barro durante as chuvas de verão, nas brincadeiras de meninice, no campinho de futebol cheio de bosta das vacas do Seu Zelão, nosso vizinho, ele teimava em cuidar das vacas, tirava leite batizado com urina e vendia a mistura na vizinhança. Os amigos falaram da América e tal, que era fácil ganhar dinheiro, que ninguém queria fazer trabalho pesado e que pagavam um monte para quem topasse pegar a tarefa. Eu topei. Era só juntar o dinheiro da passagem para a Cidade do México, que não exigia visto, dali o pessoal contratado iria arranjar transporte até o grande rio que separa os Estados Unidos do mundo real. Eu topei, juntei o dinheiro para a passagem e paguei os coiotes, levei alguma coisinha no bolso para quando chegasse a Nova York. Lá eu serei o homem mais feliz do mundo pintando paredes, colocando cortinas, lavando pratos e o que mais tivesse para fazer que os gringos não quisessem fazer. Pensei.

Estranhei um pouco a viagem de avião. Foi bonito, a comida nem chegava aos pés da marmita que Dona Creusa preparava pra mim quando eu ia trabalhar no centro, lá em Valadares, ajudando o meu primo que era pedreiro. Queria muito a marmita da Dona Creusa agora. Depois que saí do aeroporto fui embarcado em um caminhão de bananas chacoalhando pelas estradas que levam para a fronteira, disseram que se eu pagasse mais uns mil dólares daria para atravessar a fronteira no meio das bananas geladas, mas eu não tinha mil dólares.

*

O melhor que pude fazer foi me sentar no canto oposto ao local onde coloquei a merda de Mr. Coleman, embora o cheiro já não incomodasse tanto. Acho que é igual à fome, ao ônibus lotado, à falta de liberdade e ao trabalho sem elogios, a gente se acostuma e aquilo que era ruim começa a virar coisa normal. Quando o barulho parou eu fiquei em pé e forcei a porta para ver o que acontecia do lado de fora. Empurrei com força e a porta não cedeu, parece que tinha algo pesado sobre ela, forcei mais um pouco e levantei uma fresta por onde vi a área externa cheia de entulho e restos do que foi a casa. Havia galinhas ciscando pela terra.

– Me dá água que eu estou com sede, seu negro sem-vergonha!

Eu continuei a olhar para o lado de fora pensando em uma maneira de forçar a abertura da porta. Tentei usar um pedaço de ferro que estava jogado entre os brinquedos, e quando fiz a alavanca ouvi um estalo e a barra de ferro vergou.

– Negro burro, nós só vamos sair daqui quando o socorro chegar. – Gritou Mr. Coleman deitado sobre o estofado velho.

Eu arrumei os objetos espalhados pelo local, coloquei os restos de brinquedo em um lugar com os maiores por baixo e os menores por cima. Depois alisei o chão com o que restou do pedaço de ferro que serviu de alavanca e assim removi as pedras e a areia grossa.

– Eu já disse que quero a água! – Esbravejou Mr. Coleman, mas eu continuei a organizar o espaço do abrigo como se ele não estivesse ali.

–Você não passa de um negro burro, saiu do seu país por quê? Vocês vêm pra cá para ameaçar a pureza da América. Você não imagina que eu te salvei quando chegou esfarrapado na porta da minha granja, depois quando os meus amigos queriam te dar uma surra bem dada em uma noite qualquer, eu que não deixei que eles te espancassem como fizeram com outros negros de merda que nem você. Vocês deveriam ser levados para um presídio de segurança máxima para aprenderem que aqui não é o seu lugar. E quantas vezes vou dizer que quero água? Você ficou surdo, preto?

O ruído do vento recomeçou, parece que não era apenas um tornado, talvez vários tivessem se formado, ou a nuvem escura que eu vi estava desabando sobre os destroços deixados pelo funil. Não tinha nada a fazer a não ser esperar e ouvir a voz do Mr. Coleman.

– Seu negro safado, você vai ver o que o meu filho vai fazer com você quando ele chegar. O socorro está a caminho e eu vou te dar o troco que você merece. Pega a água para mim, porra!

Eu lembrei do conselho do meu pai – pode ser perigoso – e lembrei das lágrimas da minha mãe engolindo os soluços em um canto da cozinha. Se fosse só perigoso eu até que enfrentaria, já que não tenho nada a perder, mas foi mais do que perigoso, o choro da minha mãe deveria valer alguma coisa que ela não falou, mas naquela hora eu compreendi. A minha cabeça começou a latejar, eu tinha vontade de esmagar aquele velho, mas não valeria pelo choro da minha mãe. Aquela lembrança dizia algo, significava honra, significava os meus antepassados escravizados, o meu passado, presente e futuro também escravizado. De vez em quando D. Creusa me contava da sua avó escrava, e me levava para ouvir o som dos atabaques dos Orixás lá no terreiro no Morro do Querosene em Valadares, eu precisava fazer alguma coisa.

Me levantei do canto onde estava acocorado, havia silêncio no lado de fora, o vento amainou e só dava para ouvir o som das galinhas cocoricando. A garrafa com 500 ml de água estava no canto oposto a Mr. Coleman. Eu peguei a garrafa, lembrei da água do batismo do meu sobrinho que eu vi ser derramada na sua cabeça, lembrei da água de cheiro espalhada no terreiro antes do serviço para os Orixás, lembrei da água do banho que eu não tomava havia tanto tempo, olhei para a garrafa e vi o rosto do Mr. Coleman com olhar vencedor, agora ele iria matar a sua sede. Segurei a garrafa, abri a tampa e me aproximei de Mr. Coleman que estendeu as duas mãos para pegar a garrafa. Eu me afastei para que ele não a alcançasse. Fiz um sinal e ele abriu a boca, eu o vi na minha frente, as mãos largadas e quase desfalecido, a boca aberta como um animal em busca de alimento. Fiquei em pé com o corpo firme, olhei para o meu passado e derramei a água no chão, gota a gota, na frente de Mr. Coleman que usou as últimas energias para esbravejar, mas eu já não o ouvia.

Não sei quanto tempo se passou até que os socorristas chegaram com o filho de Mr. Coleman. Ouvi o barulho das pancadas destravando a porta, depois eles entraram no abrigo e levaram Mr. Coleman para fora, eu ouvia muitas vozes. Ninguém me ajudou, eu saí sozinho pelos dois degraus de madeira que deixaram metade do meu corpo do lado de fora. Olhei ao redor, não sobrou nada da casa nem dos galpões, as máquinas estavam empilhadas como se fossem de brinquedo, eram uma massa de pedaços de ferro. Mr. Coleman foi atendido por dois paramédicos ao lado do carro de socorro, ele falava com o filho sentado sobre uma cadeira de rodas que veio no carro de socorro. Eu fiquei acocorado ao lado, ninguém olhou para mim, até que o policial perguntou:

– Quem é aquele negro?

Mr. Coleman respondeu.

– Ele bateu na minha porta, pediu ajuda, está aqui ilegal.

– Deita no chão negro. E não se mexa!

O menino Aymará

O Zonda é um vento seco e quente que sopra nos Andes nos meses de outono e inverno, pode causar mudanças bruscas de temperatura e aumenta o risco de incêndios. Quando sopra o Zonda algo ruim vai acontecer.

*

Eu me chamo Ângelo e não quero voltar para a escola. Não quero mais encontrar aquele brutamontes que me chama de indiozinho boliviano, que me torce o braço sempre que eu digo que não tenho dinheiro para comprar sanduiche para ele. Eu não tenho nem para mim.

Na última vez que me bateu ele disse que eu não deveria voltar se não quisesse apanhar mais. Na escola, todos zombam do meu sotaque, até os bolivianos que já falam português riem de mim por causa do meu jeito de falar. Eu não respondo, fico quieto no meu canto. Quando pedi ajuda para a coordenadora ela não fez nada. Não quero voltar para a escola.

Eu descobri um espaço secreto, pra ficar durante o horário da aula, é maior do que o cômodo onde eu vivo com a minha mãe, minha avó e meu pai. Fica escondido embaixo do viaduto que termina na frente da igreja. Eu encontrei o buraco apertado que alguém abriu, entrei, me sentei no chão e fiquei encostado na parede só olhando. É um lugar tranquilo, acho que pouca gente sabe deste salão embaixo do pontilhão, dá para ouvir o sino da igreja que bate uma vez quando dá meia hora e bate muitas vezes quando dá a hora cheia. Eu me sento no mesmo lugar e fico ouvindo os ruídos distantes. Se eu prender a respiração dá para perceber os carros passando, e quando passa um ônibus ou caminhão as paredes tremem. O cômodo onde eu moro é pequeno, apertado e sujo, desconfio que alguém limpa este lugar, pode ser a mesma pessoa que abriu o buraco na parede e encontrou o salão. Está sempre limpo.

Hoje de manhã minha mãe me levou até a porta da escola, deu meia volta e correu para o trabalho. Ela nunca conversou com a professora depois que me aceitaram na escola mesmo sem ter todos os documentos. Ela tem vergonha, ela trabalha todos os dias, de domingo a domingo, na oficina de costura. Ela e o meu pai, cada um em uma máquina. A máquina de costura não é deles, o dono da oficina aluga os quartos onde nós moramos, mamãe, vovó, meu pai e eu, todos no mesmo quarto com um banheiro compartilhado com outras famílias.

Na segunda vez que eu entrei no salão os meus olhos demoraram para se acostumar com a escuridão, quando a visão clareou vi que alguém tinha deixado uma mochila em um canto. Compreendi que a mesma pessoa que abriu o buraco da entrada entra ali de vez em quando. Eu saí para fazer xixi, o sol estava forte e quando voltei eu não conseguia enxergar nada. Brinquei de fechar e abrir os olhos para sentir as imagens aparecendo devagarinho. Descobri que nossos olhos se acostumam com a escuridão, basta o pouquinho de luz que entra pelo buraco e eu consigo enxergar tudo. Passei o dia brincando de tapar os olhos com as mãos e abrir de novo para enxergar no escuro. E sempre que abria os olhos, lá estava ela, a mochila. O que será que tem dentro? Tive medo de mexer. Mas via que ela estava apoiada sobre alguma coisa. Fui ver o que era e achei um livro. Abri, fiquei curioso. Tirei a mochila de cima do livro, folheei as primeiras páginas e vi desenhos de indiozinhos parecidos comigo. Era um livro para crianças, eu já sei ler um pouquinho em português, a professora até me elogiou, mas os alunos riem do meu sotaque. O livro se chama Contos Índios escrito por uma mulher que fala da cutia, da anta, do jabuti, que são bichos que eu conheço. Eu cheguei perto da entrada da sala onde a luz me ajudou a ver as figuras e a ler. O livro parecia novo, imaginei que o dono viria buscar.

No tempo que fiquei lá eu li e reli o livro enquanto o sino batia. Quando contei 12 badaladas corri para chegar em casa para que mamãe não desconfiasse que eu não fui à escola. Saí pelo buraco na parede do salão, entrei na rua da minha casa, e corri, corri, corri, só parei quando vi a vitrine da loja de peixes coloridos. Eu não tinha dinheiro para comprar, então eu corri, corri, corri para não chegar atrasado em casa.

Vovó me espera sempre com um prato de arroz e feijão. Mamãe e o meu pai nem sempre vem para o almoço, acho que eles comem lá no trabalho, ao lado da máquina de costura que faz um barulho parecido com um zumbido de abelhas. Vovó fica sentada no chão, ela usa um chapéu que trouxe da Bolívia, parece que ela fica dentro de um vaso enorme que é a sua saia colorida de pano grosso.

Ela mistura aymará com espanhol e português. Ela contou que seus pais nasceram nas ilhas perto da cordilheira, nos lagos de Poopó e Coipasa, viajavam quatro horas em um ônibus para chegar em Santiago de Huari e só depois de quatro semanas voltavam ao lago Poopó para ver a família. Ela também falou sobre o vento forte que sopra lá nos lagos onde ela viveu, ela chama de vento Zonda. Diz que quando sopra, todos acham que algo de ruim vai acontecer. Ela passa os dias me contando histórias.

Vovó calou quando ouviu a porta ranger, ela só fala quando estamos sozinhos, ela e eu. Meu pai entrou, passou por cima da saia da vovó e quase tropeçou em mim. Não disse nada, foi até a pia e engoliu a comida fria. Ele comeu em pé, encostado na janela basculante enferrujada que dá para a vila de casinhas onde vivem outros bolivianos que trabalham na oficina com meu pai e minha mãe. Eles trabalham o dia todo sentados na máquina de costura que faz barulho de abelhas voando. Fazem pilhas e pilhas de roupas que são embrulhadas. No final das manhãs um senhor passa puxando um carrinho onde são colocados os pacotes, de tarde ele volta com o carrinho vazio para fazer outra viajem, e outra, e outra. Todos os dias assim, comida fria, máquina de costura, barulho de abelhas, pacotes de roupas, meu pai olhando pela janela sem falar nada.

Quando meu pai volta para a oficina, vovó se levanta com a saia colorida e vai para a pia lavar a louça. Eu nunca vejo se ela come, deve comer pois o seu rosto é redondo e corado como o das mulheres bolivianas que eu encontro na vila. Quando mamãe chega, ela pergunta como foram as aulas, e eu respondo qualquer coisa e ela acredita. Quando o meu pai está em casa, eles se encontram no cômodo apertado e ficam em silêncio, só ouço quando eles brigam em espanhol. Mamãe me lava na torneira que fica na parede fora da casa, ela usa o detergente que serve para lavar louça. Ela me banha quando tem tempo, o que não acontece todos os dias. Depois ela come alguma comida que sobrou em cima da pia e volta correndo para a oficina, eu só vou encontrar com ela quando já está escuro.

Mas nem sempre eu vejo os meus pais chegarem em casa. Quer dizer, eu encontro com eles de noite, quando me viro no colchão onde durmo ao lado da vovó. Os meus pais dividem outro colchão maior que fica encostado na parede. Nós só ficamos juntos desse jeito, dormindo. Quando o dia amanhece eu ouço eles se levantarem para ir ao banheiro fora da casa e conversarem com os vizinhos, falando em aymará.

De manhã cedo ninguém fala nada, parece que na minha casa todos são mudos. A mamãe ferve água em um fogareiro, esquenta os pedaços de pão do dia anterior que ela pega na padaria e faz o café para o meu pai. Depois ele sai e a gente só ouve a porta fechar. Mamãe pede para eu me vestir rápido para não chegar tarde na escola. Ela me deixa na escola, me dá um beijo no rosto e volta correndo para a oficina onde o meu pai já está trabalhando. Todos os dias eles fazem a mesma coisa, sem falar, sem reclamar, sem dar uma risada. Quando mamãe dobra a esquina da escola, eu corro para o salão debaixo do pontilhão.

No dia em que encontrei o Álvaro, eu entrei no salão e tropecei na mochila que estava fora do lugar. Quando os meus olhos se acostumaram com a escuridão ele estava lá, em pé, de braços cruzados olhando para mim.

– Qual é o teu nome?

– Ângelo. – Respondi, tremendo de medo deixei o livro cair no chão. – Eu me assustei, não esperava encontrar alguém aqui. Vi que tem uma mochila ali no canto, mas eu nunca mexi, eu juro. Só peguei o livro emprestado pra ler.

Álvaro parecia ainda bem jovem, tinha barba e usava cabelos compridos, uma jaqueta e botas de couro. Ele quis saber quem eu era, o que estava fazendo ali e onde eu morava. Tinha voz dura, olhava nos meus olhos sem fazer comentários. Depois que expliquei por que estava naquele lugar, ele perguntou.

– Você quer voltar para a escola?

Eu respondi que sim, mas não queria mais apanhar e nem ser xingado.

– Então amanhã você vai para a escola. Você vai assistir as aulas e ninguém vai te encher o saco. Você pode vir aqui quando quiser, mas tem uma condição: depois das aulas você vem aqui buscar estes envelopes.

Ele abriu a mochila e tirou um pacote com envelopes pequenos bem embrulhados.

– Você vai entregar estes envelopes nos endereços escritos, tem um número para cada entrega e o mesmo número nos pacotes. Sem nomes, só endereços como este aqui, veja.

Álvaro me mostrou os pacotes iguais, bem embrulhados e os endereços anotados. Na escola eu receberia os tais envelopes para entregar nos pontos do bairro, assim poderia assistir as aulas que eu gostava e ninguém iria mexer comigo. Eu não acreditei no que ele disse, mas pensei que deveria tentar e decidi ir à escola na manhã seguinte.

Álvaro levou a mochila cheia de envelopes e saiu pelo buraco da parede sem dizer mais nada. Eu fiquei olhando para o buraco, segurando o livro. Ele não perguntou do livro, achei que poderia levar comigo. Quando o sino tocou doze vezes eu corri para casa onde a vovó me esperava com o prato de comida. Eu nem tive tempo para terminar de comer quando mamãe chegou, estava muito brava e logo perguntou:

– Onde você esteve nos últimos dias que não foi à escola? Eu fui chamada pela diretora, você não sabe que foi difícil conseguir uma vaga para você estudar mesmo sem documentos brasileiros? Fomos aceitos por um favor da escola, você não pode jogar fora essa oportunidade.

Mamãe parou de falar quando papai chegou. Sem dizer uma palavra, ele me levantou do chão puxando pelas orelhas e me deu um tapa no rosto. Eu caí no colo de vovó que me protegeu para eu não apanhar mais. Meu pai comeu o seu prato de comida e voltou para a oficina. Mamãe chorava no canto da cozinha enquanto lavava os pratos e comia algumas migalhas do pão que sobrou em cima da pia.

Eu não dormi pensando em como seria o dia seguinte na escola. Será que o Álvaro iria mesmo fazer alguma coisa para me proteger. Eu não tinha escolha, a minha mãe me acompanhou até a porta da escola e, dessa vez, ficou me esperando passar pelo portão, pra só depois voltar correndo para a oficina.

Eu olhei para a entrada principal e subi a escada de madeira saltando os degraus que levam até o andar superior onde fica a minha classe. Lá estavam os dois brutamontes que me perseguem todos os dias. Tentei passar entre eles, o maior me brecou com o corpo enorme.

– Você decidiu voltar, indiozinho? Hoje eu vou te esperar na hora do recreio e você vai pagar o lanche que me deve.

Eu corri para a sala de aula e me sentei no banco onde eu costumo ficar. Assisti as duas aulas sem conseguir prestar atenção. Tinha medo, tinha raiva, e vergonha. Quando tocou o sinal do recreio eu esperei até que os colegas saíssem da sala, só então fui para o pátio. Senti o cheiro dos sanduiches que aquecem na chapa da cantina da escola e vi os meus colegas na fila com dinheiro na mão para comprar o lanche. Fui até a torneira, bebia um gole de água quando o brutamontes me cercou.

– Agora é a sua vez de comprar o meu lanche.

Eu tremia todo, sabia que iria apanhar mais uma vez. Eu tentei falar alguma coisa, quando uma menina se aproximou de nós e disse para ele:

– Tem um amigo seu te chamando no banheiro, é para você ir até lá agora!

O brutamontes estranhou, sumiu pela porta que leva ao malcheiroso banheiro onde as latrinas nunca eram limpas e não voltou até o fim do recreio, quando tocou o sinal. Eu fui para a sala e o brutamontes não apareceu. Assisti as duas aulas até que o sinal tocou e saímos correndo da sala de aula. Eu peguei os meus cadernos e arrumei a mochila, quando a mesma menina apareceu ao meu lado e me falou baixinho:

– Pode ficar tranquilo, ele não vai te incomodar. Aqui está o pacote com os envelopes e os endereços para você visitar hoje à tarde. Não vai perder nenhum deles, senão a sua cara vai ficar igual a do brutamontes.

Eu só entendi o que ela disse quando passei pelo portão da escola e vi o grupo de meninos rodeando o brutamontes. Ele estava com o rosto todo machucado, cheio de manchas roxas. Os meninos olharam pra mim e não falaram nada.

Eu corri para casa abraçado com a mochila de material escolar onde estavam os pacotes coloridos e o livro dos indiozinhos. Entrei em casa e senti o cheiro da minha avó, que era o mesmo da comida que ela fazia. Ela me deu o prato pronto. Comi tudo muito rápido, nem senti o gosto da comida e mal escutei quando mamãe chegou.

– Você assistiu as aulas de hoje?

Respondi que sim e que estava tudo bem na escola, para ela não se preocupar comigo. Terminei de almoçar e saí correndo com a mochila. Eu estava com medo, mas planejei o caminho para entregar os pacotes que Álvaro ordenou. Conhecia os endereços no bairro onde eu moro, dois deles ficavam bem perto de casa. Assim que encontrei o primeiro, parei na frente de uma porta de ferro enferrujada e ouvi vozes dentro da casa. Estiquei o braço para apertar o botão da campainha, a minha mão tremia muito. Eu não apertei o botão, corri para o segundo endereço e fiz a mesma coisa, era um depósito de bebidas que tinha um quarto nos fundos. Perguntei onde ficava a entrada e uma moça indicou para eu seguir por uma porta que dava num corredor cheio de restos de garrafas. Vi o quarto com o número 2 -fundos, não bati na porta, senti pavor e corri para a rua, estava me sentindo sufocado. Resolvi ir para o salão embaixo do pontilhão, no caminho passei por cima de um bueiro grande e ouvi que corria água dentro dele onde joguei todos os papeizinhos coloridos. Entrei no salão e me sentei no chão perto da entrada onde tinha luz suficiente para eu ler as histórias do indiozinho. Quando Álvaro entrou ele me perguntou se tinha entregado todos os envelopes, e eu disse que sim, que estavam todos nos endereços que eu recebi. Ele saiu sem falar nada e eu fui para casa correndo pela rua. Parei para ver a vitrina dos peixinhos coloridos e corri, corri, corri, até chegar na vila.

Entrei no cômodo, minha avó estava sentada no meio do vaso formado pelas cores fortes do tecido do seu vestido, ela estava lá como sempre esteve e acho que sempre estará. Eu segurava o livro apertado no meu peito, me sentei no colo de minha avó que me olhou sem perguntar nada e eu pedi para ela me contar a história do vento Zonda, aquele vento que vem da cordilheira e fala dos nossos antepassados.

Adenike

O Sirocco é um vento quente que sopra do Saara em direção ao norte, atravessa o mediterrâneo e entra na Europa. Ele muda de nome ao passar pelos países, pode ser Suruc, Sorókos, Sirgui, seja qual for o nome, ele sopra em direção ao norte e ninguém pode impedi-lo de seguir o seu curso.

*

Eu olhava o corpo de Adenike com a sensação de tocá-la embora estivéssemos separados por 3671 km de mar. Nossos corpos nus, e eu a fazer perguntas que Adenike respondia da mesma forma. Solidão, foi o preço que eu paguei no tempo em que vivi no Brasil.

Eu queria notícias da Nigéria, perguntava como ia o curso de teatro na Universidade de Lagos. Será que a bolsa de estudos cobria os gastos de Adenike? Ela respondia que a bolsa atrasava, mas chegava e que ela havia concluído os estudos teóricos e trabalhava na montagem de uma peça baseada na obra de Wole Soyinka chamada: Ventos.

Eu achei interessante uma peça com esse título, quis saber detalhes. Adenike me disse que os ventos sopram livres, atravessam fronteiras sem que ninguém os incomode e que Wole Soyinka, nasceu em Ogum, tem raiz Iorubá, esteve preso, exilado, conhece o valor da liberdade.

Eu lembrei de um amigo que atravessou a fronteira da Líbia, e mergulhou no Mediterrâneo em busca da liberdade. Nunca foi encontrado. Era disso que a peça tratava, da liberdade. Adenike falou sobre os que morrem na travessia e eu tentava imaginá-la no palco, mas a realidade era a tela do computador e o seu corpo nu a 3671 km de distância. Ventos é um drama com personagens resilientes como os ventos que sopram do deserto. O Sirocco é um vento quente que sopra do Saara em direção ao norte, atravessa o mediterrâneo e entra na Europa. Eu decorei a fala inicial de Adenike na peça onde ela faz o papel da mulher que segue o Sirocco e no caminho descobre que o vento muda de nome pelos países por onde ele passa: Suruc, Sorókos, Sirgui, seja qual for o nome, o vento sopra do deserto em direção ao norte e ninguém pode impedi-lo de seguir seu curso. Para encontrar a liberdade é preciso ser maleável, resiliente, flexível.

O nome Adenike significa mulher afetuosa. Eu a amava e pensava que em breve estaríamos juntos. Quando eu desligava o computador a sua imagem ficava na minha retina por algum tempo, depois sumia.

Eu me recordo da última noite que estivemos juntos, me lembro do seu perfume. A minha respiração se acelerava, transpirava como se tivéssemos misturado nossos fluidos, mas nada disso ocorreu. Ou ocorreu?

Conheci Adenike no dia em que visitei o colégio onde estudei e a vi saindo do prédio ao final das aulas. Bastou um encontro e um sorvete saboreado à sombra de uma árvore para eu me apaixonar. Eu estive na sua formatura e a acompanhei quando ela fez os testes para o curso de artes na Universidade. Vi crescer o seu desejo de ser atriz, ela dançava, cantava e atuava nos palcos como uma entidade, era sobre-humana.

Foi logo depois da sua primeira ou segunda peça que eu aceitei a proposta e passei a viajar para São Paulo com visto de turista. Passava duas ou três noites em um apartamento perto do Largo Paissandú, recebia a mercadoria, empacotava e voltava para o aeroporto. Em Lagos os pacotes passavam pela alfândega onde os fiscais já estavam subornados, e eu ganhava dinheiro suficiente para tocar a vida.

O meu passaporte ficou cheio de carimbos da imigração brasileira. Eu mantinha a boca fechada e cumpria o combinado. Tudo foi bem até o dia em que roubaram a minha bagagem no saguão do aeroporto em São Paulo, bastou uma piscadela de olhos e as malas não estavam mais lá. Eu tinha nas mãos o bilhete de embarque para Lagos e uma mochila. Não pude dar parte do roubo para a polícia. Não poderia justificar os produtos que deveriam ser exportados e não levados como bagagem desacompanhada. Em minutos, os chefes do esquema souberam do ocorrido e deixaram uma mensagem no meu celular. Eu teria que pagar pelo prejuízo. Mas... Como?

Argumentei com o agente da empresa aérea, talvez as malas tivessem sido embarcadas por engano. Ninguém me acudiu, ninguém me amparou quando o alto-falante do saguão anunciou o embarque do voo para Lagos. Eu desisti do voo e me sentei no chão do saguão, desolado. Não poderia embarcar, não tinha como pagar e aí, estaria jurado de morte.

Uma mulher tomava café numa das ilhas do saguão, e percebi que ela me observava. Gesticulei como se a cumprimentasse e ela respondeu com um sorriso. Fez um gesto como se me chamasse. Fui até ela.

– Oi, o meu nome é Daria, tudo bem? Você não quer tomar um café comigo?

A pergunta me surpreendeu, e usando o pouco de português que sei, mesclado ao inglês, agradeci e aceitei o convite. Começamos a conversar e eu disse que tinha tido um problema com as minhas bagagens, e que por isso havia perdido o voo. Ela me ouviu sem pressa e esperou que eu me acalmasse. Depois começou a falar dela. Disse que tinha cinquenta anos, morava no Paraná, era filha de um proprietário de terras, e que viajava pelo mundo. Estava desembarcando dos Estados Unidos. Por fim ela pagou pelo café e me perguntou se eu tinha lugar para ficar. Disse que não e ela me convidou para seguir com ela até o seu apartamento no centro de São Paulo. Falou que poderia me abrigar lá, até eu resolver a minha situação. Eu a olhei surpreso, não compreendi a motivação do convite, mas aceitei a oferta.

O estúdio de Daria ostentava um luxo nada parecido com o apartamento em que eu passava as noites em São Paulo, e nem de longe lembrava a minha casa na periferia de Lagos. Daria me deixou à vontade, não se aproximou de mim, permitiu que eu acalmasse a mente conturbada pelo roubo da carga e pela indecisão de como prosseguir. O meu celular chamava a cada instante, eram telefonemas do comerciante de Lagos com ameaças pelo prejuízo. Daria me acomodou na sala do seu estúdio, onde eu dormi em meio a pesadelos.

Na manhã seguinte, Daria me contou que seu pai era diretor de uma cooperativa no norte do Paraná e vivia em uma cidade chamada Floresta. Ela disse sorrindo que o noivo a abandonou depois de dez anos de namoro. Seria um casamento arranjado pelo pai. Daria contou intimidades, disse que nunca gostou do rapaz, e que também nunca experimentou sexo com o noivo. Após o rompimento, depois de muita negociação com o pai, ele permitiu que ela viajasse sozinha pelo mundo, para espairecer. Como turista ela desfrutava de aventuras descomprometidas com parceiros que escolhia a dedo. A educação no colégio religioso, o casamento arranjado que nunca se concretizou, e as ambições das meninas da cidade, marcaram a sua vida. Poderia ter estudado, arranjado um trabalho fora da cidade, uma carreira, mas preferiu manter a vida que levava em Floresta, e fez tudo à sua maneira.

Depois do café da manhã e de muita conversa que se seguiu ali mesmo, na mesa, saímos juntos para andar pelo centro de São Paulo. Ganhei duas calças jeans, duas camisas e três camisetas. Daria também comprou um telefone celular que deixou comigo.

Almoçamos juntos num restaurante muito bom que ela já conhecia. Depois fomos tomar um sorvete em uma cafeteria. Quando entramos, as pessoas nos olharam de imediato. Estava clara a pergunta acusadora. Como uma loira pode estar neste ambiente acompanhada por um homem preto? Era o que os olhares expressavam, e eu pedi para irmos embora.

Por insistência dela, aos poucos me acostumei à ideia de permanecer, pelo menos por algum tempo, no Brasil. E Daria cuidou de mim, descobriu um programa social de acolhimento a refugiados, disse que eu poderia me enquadrar se preenchesse os documentos com algumas meias-verdades. Um amigo de Daria arrumou um emprego para mim no escritório de exportação da cooperativa. Eles precisavam de alguém com o domínio do inglês. Fui trabalhar no escritório de Londrina de onde a cooperativa manejava os embarques de grãos para o mercado europeu. Morava em um apartamento da cooperativa no centro da cidade a pouca distância do escritório. Logo me adaptei ao ambiente, o trabalho era simples, passei a receber um salário pequeno que Daria completava com quanto mais eu quisesse ou precisasse.

Ela tinha o álibi perfeito, já que viajava todas as semanas de Floresta até Londrina para fazer compras. Ela satisfazia os seus desejos eróticos comigo, e em troca, me proporcionava uma vida boa. No sexo, eu fazia tudo o que ela mandava, do jeito que ela queria.

Quando ela não estava por lá, eu mantinha encontros virtuais com Adenike pelo computador novo que ganhei de Daria. Eu amava Adenike.

Em julho a cooperativa experimentou um recorde nas exportações de soja. Daria viajou e eu trabalhei atendendo chamados dos importadores, e fechando contratos com as empresas de navegação que faziam o frete para Rotterdam. Quantas vezes eu me imaginei embarcando junto com os grãos de soja para Rotterdam e daí para a liberdade que eu sonhava.

Duas semanas depois, daria causou surpresa ao entrar no escritório que eu dividia com outros funcionários, não era comum a filha do diretor e um dos fundadores da cooperativa aparecer por lá. Com a mochila acomodada nas costas ela mais parecia uma estudante embora o seu rosto revelasse a idade que tinha. Ela parou à frente da minha mesa e me entregou um envelope, só então levantei os olhos da tela do computador para cumprimentá-la discretamente. Daria sorriu e não falou nada, deu as costas e dirigiu-se à porta da sala deixando o envelope nas minhas mãos. O discreto escritório, descolorido e cheio de rotinas, repentinamente ganhou vida nas mentes dos colegas que imaginavam o que teria trazido Daria àquele local. Evitei abrir o envelope, imaginei que devia conter instruções para o nosso próximo encontro. O problema é que daquela maneira como ela entrou, sorriu pra mim, e deixou o bilhete, me pareceu expor nosso relacionamento, até então discreto e fora do conhecimento dos colegas de trabalho.

Demorei alguns instantes antes de retomar a concentração. Augusto, o gerente do escritório e irmão do antigo noivo de Daria, me observava com o olhar que me lembrou aqueles que percebi na sorveteria em São Paulo.

– Não vai ler o bilhete que a Daria te deixou? – Perguntou postado à minha frente.

Fui ao banheiro para fugir dos olhares curiosos e li a mensagem: "Nos encontramos às 8 horas, tenho a chave do seu apartamento."

Ao final do expediente eu me despedi dos colegas, parei na padaria para comprar o lanche que costumava fazer, e segui para casa. Às 8 horas observei a chegada de Daria que desceu do taxi e entrou no prédio. Do outro lado da rua um carro estacionado deixou o local assim que ela entrou.

Não comentei a respeito de Augusto, mas fato é que, depois da visita de Daria o ambiente no escritório mudou, era como se eu representasse algo fora do padrão. As meninas, minhas colegas de trabalho, passaram a falar a meu respeito pelos cantos. Augusto passou a me delegar tarefas com prazos impossíveis de serem cumpridos. Eu respondia com resultados positivos, lembro como ele ficou possesso no dia em que eu corrigi um erro que ele cometeu. Em outra ocasião eu me enganei ao gerar uma solicitação de embarque de soja trocando o número da empresa contratada. Foi o bastante para uma bronca na frente dos meus colegas e uma reclamação formal para a diretoria.

Fui chamado pela diretoria de recursos humanos e soube que o meu contrato estava sob análise. Eu deveria regularizar a situação como imigrante até fevereiro do ano seguinte. Caso houvesse algum deslize profissional o contrato seria interrompido. Era nítido que algo mudou no ambiente do escritório, desde que passaram a desconfiar da minha relação pessoal com Daria. O ambiente insosso que reinava no escritório foi quebrado e, de repente, os colegas faziam piadinhas, as meninas queriam saber detalhes da minha vida, perguntavam sobre a vida na Nigéria, me pediram para colocar música nigeriana no aplicativo do celular, e tentavam a todo custo se aproximar de mim, algo que nunca acontecera antes.

Dali em diante, e muito por atitudes forçosas dela, nossos encontros passaram a acontecer em lugares públicos. Eu era exibido por ela como um troféu ou algo parecido. Daria passou a me chamar para encontros na sua casa em Floresta, eu ia de taxi e entrava pela porta lateral. Ela interrompeu as viagens, preferia ficar ao meu lado e se incomodava quando as moças da cooperativa me assediavam. Eu me concentrava no trabalho, continuava conversando com Adenike e atendia os desejos de Daria. Pra mim, era como se eu fosse um garoto de programa que deveria satisfazer a sua cliente, mas pra ela, alguma coisa havia mudado em nossa relação.

Quando Augusto entrava no escritório o silêncio tumular voltava a reinar, ele passou a comunicar a diretoria sobre o que ele considerava, meus problemas de comportamento. Ele seguia os meus passos e não foi difícil entender o que ocorreu quando ele me flagrou descendo do taxi perto da casa de Daria. Aos domingos a cidade entrava em marasmo. Eu cheguei ao final da manhã quando metade da população estava nas igrejas da cidade. Daria me esperava trajando um vestido quase transparente.

Depois do sexo, ela gostava de conversar, gostava de saber de mim, fazia perguntas e, pela primeira vez, eu falei sobre Adenike. Daria reagiu como se fosse uma ameaça distante com quem não precisava se preocupar. Ela andava preocupada mesmo era com os sinais da idade no seu corpo, e achava que não me satisfazia. Começou a se interessar sobre os meus planos, como seria a nossa relação no futuro. Eu só dizia que estava tudo bem, que ela continuava linda, e que eu não era muito de fazer planos. Ia seguindo a vida, conforme ela se apresentava.

Na tarde do domingo, ao nos despedirmos, Daria chamou um taxi de Londrina, e esperou ao meu lado até o carro chegar. Em Floresta todos a conheciam, e não foi diferente com o motorista, que a cumprimentou pelo nome. Quando entrei no carro, ela colocou um maço de notas em um envelope e enfiou no meu bolso, enquanto o taxista observava tudo.

Eu saí do carro e lhe disse olhando nos seus olhos.

– Isto me envergonha.

– Ela disse que era uma ajuda, e que logo eu teria meus documentos para ir para onde quisesse.

Alguns diretores da cooperativa apreciavam o meu trabalho, achavam que deveriam contratar um advogado para regularizar o meu status de imigrante. Outros diretores seguiam Augusto, colocavam impedimentos sem declarar as razões inconfessáveis que os incomodavam. O assunto chegou aos ouvidos do pai de Daria, que havia prometido ajudar.

Ao deixar a casa, avistei o carro de Augusto que observava a minha movimentação. Na tarde de domingo todos estavam reunidos no clube para os ensaios da escola de samba que preparava o baile de carnaval.

Quando cheguei em casa tive vontade de falar com Adenike. Já era noite em Lagos, o horário que costumávamos conversar. Nos encontramos como sempre, nus à frente dos computadores, a admirar os nossos corpos. Eu repeti as perguntas sobre teatro e sobre a rotina de Adenike. A peça foi bem recebida em Lagos e surgiram convites para festivais de teatro na África do Sul, Moçambique e República dos Camarões. Receberam um convite para uma temporada no Brasil, mas não teriam dinheiro para a viagem. Eu quis ouvi-la falar sobre os ventos, Adenike respondeu.

– Ventos não se acomodam, quando sopram no mesmo lugar ficam enfurecidos, como os tornados. Quando seguem caminho de forma livre, sobem aos céus ou descem pelas colinas, se esquivam das montanhas e tomam o rumo desejado. O segredo é o movimento, a liberdade.

Eu a ouvi falar com tamanha convicção que fechei os olhos e segui caminho para o norte, atravessando o mar, subindo e descendo montanhas. Desejei amá-la como na última noite em que estivemos juntos. Adenike falou que foi procurada pelos contrabandistas, eles a ameaçaram. Ela mentiu dizendo que não sabia de mim, só sabia que eu tinha ficado no Brasil. Adenike disse que não suportava mais a nossa separação.

Ao final do expediente da segunda-feira, Augusto me abordou e sem muitas palavras me entregou um envelope.

– Estas fotos são suas, tome jeito porque o seu caminho está traçado. Acho bom pedir a conta e dar o fora daqui.

Eram fotos que me expunham entrando na casa de Daria e da nossa despedida quando ela me abraçou. Também tinha uma foto dela colocando o envelope com dinheiro no meu bolso. Saí do escritório para fazer um lanche na padaria, e quando saí, no caminho, vi Daria e Augusto à mesa de um restaurante próximo da empresa.

A semana seguiu com Augusto sempre me observando, inquisidor. No domingo seguinte eu encontraria Daria, mas na sexta-feira recebi um recado no celular, ela não poderia me receber. Escreveu que seria melhor não nos encontrarmos por algum tempo. Passei a ver Daria e Augusto nas ruas em Londrina, sempre conversando ou saindo de algum lugar, bares, restaurante. Tentei falar com Daria e ela se esquivou, compreendi que seria melhor me recolher. Não seria de tudo ruim se ela realmente quisesse terminar o nosso caso.

Segui fazendo o meu trabalho com empenho, até que recebi uma carta da cooperativa informando que o contrato precário de trabalho não seria renovado. Eu só trabalharia até o carnaval.

Conversei com Adenike, coloquei o nosso perfume e me deitei nu à frente da tela do computador. Só eu falei, expliquei que não poderia ficar mais no Brasil, mas também não poderia retornar para Lagos. Falei sobre o trabalho, como eu incomodava o meu superior, só não falei sobre Daria. Pedi que ela falasse novamente o trecho da peça sobre os ventos. Adenike começou a cantar uma canção antiga em yorubá, e sua voz me acalmou, a seguir ela declamou o trecho do texto.

– Ventos não se acomodam, quando sopram no mesmo lugar ficam enfurecidos, como os tornados. Quando seguem caminho de forma livre, sobem aos céus ou descem pelas colinas, se esquivam das montanhas e tomam o rumo desejado. O segredo é o movimento, a liberdade.

Adenike me ajudou a colocar a mente em ordem, falou sobre a estreia da peça no teatro da Universidade de Lagos que ocorreria na semana seguinte. O grupo iniciaria a turnê internacional com apresentações em vários países. Eu não deveria me preocupar, deveria trabalhar normalmente até o carnaval, depois acharia uma solução.

Estávamos no fim de janeiro, e foi o que eu fiz, mergulhei no trabalho como não havia feito antes. Eu cumpri todos os compromissos, recebi elogios dos diretores da cooperativa que se diziam indignados com a minha partida. Recebi instruções para ir a São Paulo procurar uma entidade de apoio aos refugiados que, como eu, estavam em situação de fragilidade. A cooperativa daria uma carta de apresentação.

Tudo seguiu como planejado, eu me despedi dos colegas de escritório, do amigo que me atendia na padaria, e dos poucos contatos que fiz fora do trabalho. No último dia de trabalho Daria me procurou, era sexta-feira antes do carnaval. Ela disse que precisaria me visitar no apartamento para entregar a passagem e os documentos para a viagem para São Paulo, na Quarta-Feira de Cinzas. Falou rapidamente, sem qualquer sinal de reaproximação. Ponderei que era normal que a despedida ocorresse, era uma boa oportunidade para eu agradecer o apoio que recebi, e ela talvez quisesse apenas se despedir, sem ressentimentos, afinal, desde o nosso primeiro encontro, deixou claro que escolhia a dedo seus casos esporádicos, sem compromissos. Entendi que a nossa relação era uma página virada para ambos. Combinamos o encontro no entardecer da Quarta-Feira de Cinzas para a entrega dos documentos.

Eu a aguardava quando ela chegou de taxi, o centro da cidade estava vazio, a população ainda estava celebrando, outros voltavam ao trabalho. Daria chegou, estava vestida com roupas brancas, disse que dali seguiria para um baile de carnaval. Ela me olhou e disse que gostaria que eu pudesse ficar, ir com ela para a festa, mas como isto seria impossível, veio se despedir. Será o nosso último encontro, ela disse, já entrando na minha casa e seguindo para o quarto, de onde me chamou. Daria se livrou das roupas de maneira muito rápida, da dela e da minha, e saciou-se com o meu corpo como nunca fizera antes, estava louca, ria e chorava ao mesmo tempo. Eu me sentia à vontade com ela, conhecia os detalhes do corpo que eu visitei de todas as maneiras.

Era o final da tarde, eu e Daria permanecemos na cama, lado a lado enquanto Adenike desembarcava no aeroporto de Londrina de onde tomou um taxi que a conduziu ao meu apartamento. Quando eu abri a porta, senti o cheiro do seu perfume e percebi seus olhos atentos para o corpo nu de Daria atrás de mim.

Vento do passado

Um vento anônimo sopra do lado de fora, carrega lembranças indesejadas e nenhum sinal de esperança.

No trem em 1929

Desde que a composição deixou a estação, Mina ficou encantada com a paisagem, não desgrudava o rosto da janela. Os galpões industriais se espaçavam aos poucos até que apareceram os sítios e as plantações que a menina viu pela primeira vez. A mãe, sentada ao seu lado, trazia no rosto o amargor da separação. A dúvida sobre o que encontraria na nova morada era compensada pela certeza de que não seria espancada pelo marido nunca mais. A menina viajava tranquila, descrevia a paisagem para a boneca que ouvia com os olhos arregalados.

Nas poltronas vizinhas viajavam uma outra menina em companhia da mãe. As crianças aparentavam a mesma idade, quem sabe ficariam bem se sentassem lado-a-lado, sugeriu a mãe de Mina. A conversa com a boneca foi interrompida e a nova companheira de viagem quis sentar-se ao lado da janela. Mina negociou, não queria renunciar à paisagem que trazia surpresas a cada instante. As mães viajavam entretidas e compartilhavam os respectivos infortúnios.

– Deixa eu segurar a sua boneca? – Perguntou a garota. Mina se encolheu abraçando a companheira com quem dividia suas aflições. A boneca sabia o que ela pensava do pai, das brigas entre ele e a mãe, era a boneca que a ouvia contar e recontar a mesma história, enfeitada com sonhos, sobre a cidade onde iriam viver.

– Acho que você pode ficar com a janela. – Cedeu Mina revelando o valor relativo da paisagem comparada à boneca. Com a troca de lugar, a viagem seguiu com a interminável conversa entre Mina e sua boneca. Mina dizia: agora eu sou a sua boneca, e ambas eram uma só. A paisagem tornou-se enfadonha para a menina que escolhera a janela, ela abriu uma fresta para experimentar o ar do campo. Além da imagem campestre, as meninas sentiram o cheiro do mato e ouviram o som repetitivo do trem de ferro nos trilhos marcando o tempo com suavidade que era quebrada quando uma composição passava em sentido contrário ou quando a luz do sol era abatida pela sombra fria dos túneis cavados na rocha. A viagem seguia.

As variações de sons, cheiros e imagens eram tantas que Mina deixou a boneca no assento e juntou-se à companheira de viagem, na janela ambas compartilhavam as sensações. Mina percebeu quando a colega tomou sua boneca nos braços. – Me devolva a boneca! – Reagiu com voz firme, recebendo uma resposta negativa. As mães voltaram os olhos para as crianças, mas não tiveram tempo de impedir que Mina avançasse com força sobre a vizinha que, de supetão, jogou a boneca pela janela do trem deixando um vazio na alma de Mina. Por um instante, que nunca terminou, o silêncio ganhou o espaço, só quebrado pelo ruído do trem nos trilhos, a se repetir, repetir, repetir...

Dona Mina olha pela janela, 2020

O canto escuro do quarto era o preferido de Dona Mina. Ela insistia que a cuidadora estacionasse a cadeira de rodas defronte a uma janela que dava para o nada, ou melhor, dava para um quintal de serviço onde se acumulavam coisas desnecessárias. A cuidadora, ao perceber que D. Mina cochilava, destravava a cadeira de rodas e a conduzia até a janela ampla que recebia o sol da manhã. A velha senhora não costumava despertar com o movimento feito, a cuidadora abria as cortinas aos poucos dando tempo para que a luminosidade que ultrapassava as pálpebras finas da velha senhora não a despertasse. Feita a manobra, sentava-se ao lado e retomava a leitura do livro que trazia para o trabalho. O tempo passava de modo lento no quarto da velha senhora.

A cuidadora abriu a janela e sentiu o ar fresco do jardim. Havia canteiros de rosas, agapantos e gardênias cuidadas pelo jardineiro japonês. A cuidadora notou que ele envelheceu desde que ela começou a trabalhar na casa de idosos. O som das ferramentas do jardineiro despertou D. Mina que se agitou e chamou pela cuidadora com voz decidida.

– Por favor, me tire daqui. Eu não gosto de ficar na frente desta janela, e deixe a televisão ligada.

A cuidadora destravou as rodas da cadeira e a recolocou no canto escuro. Ligou o aparelho de tv que informava o número de mortos na tempestade de verão que despencou sobre a cidade.

– Quer ir ao banheiro? Quer comer algo? Deseja tomar água?

A enfermeira insiste que a senhora tome mais líquidos.

Com um mover da cabeça Dona Mina respondia a cada pergunta com uma negação. Com a janela e cortinas fechadas, as duas mulheres ouviam o som do jardineiro a guardar as ferramentas de trabalho sobre o carrinho que ele empurrava pelo jardim.

Ao se aproximar da janela que abriu em busca de ar e claridade para retomar a leitura do seu livro, a cuidadora ouviu a voz de D. Mina.

– Por favor, feche a janela, está ventando muito.

Mina na loja de presentes em 1933

O tio Saulo recebeu o pacote das mãos do carteiro. Finalmente chegaram os livros! Falou em voz baixa para Berta não ouvir. Suas mãos trêmulas custaram a abrir o pacote, tentava não fazer barulho pois sabia que a mulher implicaria por gastar dinheiro na compra de livros que a seu ver eram objetos inúteis. Saulo sentou-se à escrivaninha ao fundo da loja e começou a ler as capas dos livros recém-chegados. Ele sussurrava com prazer os títulos recebidos. *Caetés* de Graciliano Ramos da Editora Schmidt, *Os Bruzudangas* de Lima Barreto da Editora Garnier, *Paulicéia Desvairada* de Mário de Andrade pela Editora Monteiro Lobato. Saulo divagou e por um instante imaginou como sua vida teria sido diferente se tivesse mudado para a capital. Mina interrompeu o devaneio de Saulo, que a chamou para perto de si. Venha, vamos ler a história que eu escolhi para você.

A garota se acomodou no colo do tio que buscou na gaveta *Reinações de Narizinho*, recém-lançado pela Editora Monteiro Lobato, e começou a folear o volume para identificar o trecho selecionado. Saulo utilizava o livro como inspiração e Mina ouvia, atenta, os comentários do tio inspirados pelo texto. O texto original servia como um gatilho para as narrativas nascidas da cabeça de Saulo. Mina ouvia e mergulhava no encantamento. Ele era um leitor ativo, aquele que todo o autor gostaria de ter, até que sobreveio a tempestade pela voz de Berta.

– Saulo! Novamente jogando o seu tempo fora com estes livros! Você precisa me ajudar na loja, eu não consigo fazer tudo sozinha!

Saulo fechou os olhos, com um ar de impaciência, colocou o livro na gaveta e Mina desceu do seu colo. A reprimenda prosseguiu.

– Você poderia explicar para que serve tanto estudo e tanta leitura? E quanto você pagou por estes livros que devem ter vindo da capital? É um absurdo você jogar dinheiro fora e não fazer nada para ganhar alguma coisa. Não sei como me casei com você. Os livros te dão algum dinheiro? Você só ganha algum trocado dos seus alunos e olhe lá. E eu sei que você não cobra de quem não pode pagar, e quem é que pode pagar neste mundo cheio de miseráveis? E você, Mina! Trate de ir para a sua casa. E diz para a tua mãe que o irmão dela é um inútil.

Saulo piscou para a menina que lhe devolveu um sorriso cúmplice, imune ao esbravejar da tia.

– Volte amanhã, a sua tia precisa de ajuda na loja, a história de Narizinho vai esperar por nós. Vai para casa, vai.

Mina deu um beijo no rosto do tio, reclamou da barba por fazer que lhe espetou o rosto, acenou para a tia e correu em direção da casa que ficava a dois quarteirões de distância.

No dia seguinte, pelo meio da manhã, a menina ciscava ao redor da loja. Saulo repetiu os movimentos do dia anterior, enquanto Mina tomava lugar ao seu colo.

– Tio Saulo, o senhor pode contar de novo aquela história que eu gosto?

Saulo sacou o livro da gaveta, buscou a história de Emília e se pôs a ler trechos do livro. Quando chegou no ponto em que Emília, a boneca, começa a falar, Mina pediu.

– Tio, você pode ler de novo? Leia bem devagar.

Com voz empostada e a fala pausada, Saulo leu o trecho mais uma vez, e como de costume, derivou do texto de Lobato e começou a falar sobre as coisas impossíveis. Depois contou sobre Nise da Silveira, mulher que se formou médica. A única mulher da sua turma. Ela foi estudar apesar da família achar besteira, e resolveu se dedicar às doenças mentais que ninguém achava importante. Ao longo da vida fez contato com outros médicos que estudavam a loucura.

Mina ouvia o relato do tio Saulo, tinha dificuldade para compreender como é que se pode ficar doente da cabeça. Conseguia entender que se pega gripe, catapora, sarampo, mas doente da cabeça? Como seria possível? Perguntou para o tio Saulo.

– Você sabe que a sua mãe passa muitos dias na cama, não sabe? Ela não consegue sair, ou cozinhar e limpar a casa? Ela não está doente no corpo, mas está doente na cabeça, e os médicos não sabem como curá-la. A gente pode adoecer da cabeça, ficar perdido, desnorteado, até mesmo esquecer quem a gente é.

Mina pensou na história de Emília que queria porque queria falar, e falou. Depois pensou na mãe, nem tinha percebido que ela tinha uma doença. Depois pensou que a sua boneca nem teve tempo para aprender a falar.

No lar de idosos em 2020

A água escorria pelo corpo de Dona Mina. Ela permanecia imóvel, olhos cerrados, sentada na cadeira de banho, reagia com movimentos que emulavam prazer ao contato da água a escorrer pelo seu corpo. A sensação se acentuava quando a cuidadora passava a esponja ensaboada nas suas costas revelando que o prazer não é incompatível com seus 95 anos. A cuidadora fechou o registro do chuveiro e a colocou em pé para enxugar a água do seu corpo.

O rosto da velha senhora retomou o aspecto sombrio e ela reclamou das dores que sentia nas juntas. A cada movimento um gemido que a cuidadora recebia com postura profissional, a mesma prática que demonstrou ao transladar o corpo de Dona Mina para a cadeira de rodas que posicionou na frente da janela de onde podia avistar o jardim. Lá estava o jardineiro japonês dedicado a esculpir o contorno do gramado.

– A senhora quer que eu a leve ao refeitório para tomar o café da manhã?

– Eu prefiro que você traga a comida no quarto, eu não quero encontrar ninguém. – Dona Mina respondeu com voz quase inaudível.

Assim que a cuidadora saiu para buscar comida, Dona Mina tateou a lateral da roda e com esforço moveu a trava liberando os movimentos da cadeira. Empurrou a roda em marcha-a-ré até encostar no armário. Segurando uma roda, girou a cadeira sobre o seu eixo e apontou na direção da janela no canto escuro do quarto. Moveu-se adiante até que pode observar a janela que dava para nada, ali travou a roda e mergulhou em pensamento nas sombras da sua mente.

Mina, com 15 anos, ajuda na loja do pai em 1940

Assim que Mina entrou na loja, de volta da sua primeira entrega do dia, o pai lhe deu outro pacote para entregar. Mina pegou o pacote, correu rua acima trombando com a massa de gente que caminhava na direção da estação do trem. Encontrou o endereço, que não parecia a casa de alguém importante, tocou a campainha e aguardou até que um homem abriu a porta. Ele trajava apenas cuecas e camiseta, e sua barba parecia não ser feita há dias. As olheiras e o rosto inchado pela bebida marcavam a sua aparência. Mina entregou o pacote e caminhou, o mais lento que pode, em direção à loja do pai.

Com a morte da mãe, Mina voltou para São Paulo onde o pai tinha uma loja de roupas. O desejo de permanecer na casa do tio Saulo não foi atendido, o pai precisava de ajuda na loja. Andar lentamente era a única maneira de encontrar momentos de paz, em especial na livraria onde ela gostava de ficar entre as estantes. Comprar nem pensar, mas ninguém a impedia de se perder no labirinto dos livros. Ademar era o dono da livraria Saga, não fazia caso que ela folhasse os livros, até a incentivava a escolher algum que a motivasse a acomodar-se no canto iluminado por um abajur onde havia um sofá ao lado da caixa registradora. O lugar se tornou o seu refúgio sempre que o pai se excedia nas broncas ou na bebida. Não raro Mina se esquecia do tempo e ficava uma, duas horas na poltrona, lendo. Quando se lembrava, saía correndo para ouvir as broncas do pai. E foi na livraria que um dia, uma mulher que procurava alguns volumes pelas estantes, lhe perguntou.

– Você está gostando de ler este livro?

Mina lia *Porão e Sobrado*, ficou sem jeito, escondeu o livro entre as pernas e respondeu positivamente movendo a cabeça.

– Sim. É muito bom. O seu Ademar me deixa ler alguma coisa quando passo por aqui.

A mulher balançou a cabeça em sinal positivo e

saiu. Mina, um tanto desconcertada, resolveu que era hora de voltar e foi devolver o livro para o livreiro Ademar. Ao receber o livro ele lhe disse.

– Este outro exemplar é seu, aquela mulher que conversou com você é a autora, ela lhe presenteou com o livro.

Mina correu para a loja do pai abraçada com o presente. Guardou o regalo, e só à noite abriu o exemplar de *Porão e Sobrado*, cheirou o livro, observou a capa, abriu a primeira página, leu o nome da autora e a dedicatória:

Para Mina, que você aprecie viajar junto com as palavras. Lygia.

Mina escondeu o livro como um talismã. Na loja do pai não tinha tempo para sonhar, quando precisava desaparecer ia para os fundos, onde ficava o pequeno estoque.

Mina retornou à livraria no dia seguinte, e como era costume, escolheu um livro e se abrigou à luz do abajur. Não percebeu quando o livreiro se aproximou.

– Mina, você gosta tanto de livros. E eu estou precisando de ajuda aqui. Tenho trabalhado sozinho, e sempre que preciso sair, ou mesmo quando vou almoçar, tenho que fechar a livraria. Que tal você vir trabalhar aqui comigo?

Mina recebeu o convite com surpresa, decidiu falar com o pai. Ele precisaria concordar, mas não foi o que aconteceu.

– Onde já se viu? Livros! Para quê servem livros? E os escritores, então, todos uns vagabundos que não fazem nada de bom na vida, a não ser escrever essas porcarias e andar pelos bares.

Com a negativa do pai, o posto de ajudante na livraria Saga foi ocupado por um jovem de nome Iuri, tal como Mina, jovem e apreciador das letras. Com o tempo ambos ficaram amigos, e depois se tornaram mais do que isso.

Dona Mina toma sol

– Dona Mina, vamos sair para tomar sol no jardim.

– Eu não vou. – Respondeu a velha senhora regateando com a cuidadora que acusava de intrometer-se na sua vida. Não queria sol nem companhia, escolhera viver na sombra e na escuridão. Quando a cuidadora escolhia uma roupa colorida, ela trocava por roupas mais velhas, sem cor e até mesmo rotas. Assim trajada, ela poderia aceitar sair para um banho de sol, mas não demorava até pedir para voltar para o quarto. No tempo em que passava ao sol, pouco falava e não se aproximava de ninguém.

As idas ao refeitório ficaram mais raras, Dona Mina preferia fazer as refeições sozinha, no quarto, na cadeira de rodas, a olhar pela janela do pátio de serviço. O olhar da velha senhora só se voltava para a janela do jardim quando o jardineiro japonês chegava e se punha a cortar, com paciência infinita, os galhos secos das roseiras. Era a única movimentação que chamava a atenção de Mina, um velho jardineiro a fazer a sua função. Quando as roseiras estavam podadas, Mina ficava alguns instantes a olhar pela janela ampla da varanda, depois, em silêncio e sem pedir ajuda, ela manejava a cadeira de rodas até a janela do pátio de serviço onde permanecia, calada, mal trajada e triste.

O namorado em 1943

A gravidez de Mina mudou os seus planos. Para o pai serviu como uma razão para enxotá-la da casa. Ela o incomodava na loja, e já não tinha grande serventia.

A reação de Iuri não ajudou Mina a enfrentar a situação. Após saber da gravidez, passou a ter comportamentos estranhos e, de repente, faltou por dias seguidos no trabalho da livraria. Passadas duas semanas, ninguém sabia onde Iuri se metera. Sem Iuri e sem o pai, Mina teve o apoio de Ademar, que a ajudou quando ela perdeu a criança ainda por completar dois três meses de gravidez.

Com todo o ocorrido, Mina acabou substituindo Iuri na livraria e, passou a ter uma vida mais independente. Ganhava um salário e compartilhava um quarto de pensão com uma moça que conheceu no serviço de apoio a gestantes do centro de saúde do bairro. Mina passou a dominar os serviços administrativos da livraria, fazia tudo o que Ademar pedia e inovou abrindo espaço para encontros de escritores e lançamento de livros. As vendas iam bem e a Saga virou ponto de encontro de intelectuais.

Depois de dois anos de convívio, Mina aceitou o convite de Ademar para viver com ele. Se ele foi importante ao ampará-la no momento difícil da sua vida, ela retribuiu e cuidou de Ademar quando ele perdeu a visão e depois, quando o diabetes ficou fora de controle e acelerou o seu fim. Viveram juntos por vinte anos, Ademar faleceu com pouco mais de sessenta anos, Mina continuou com a livraria. No dia do sepultamento havia escritores e editores além dos clientes que frequentavam a Saga, todos deixaram uma palavra de conforto. Mina recebeu o abraço especial de Lygia, que sussurrou ao seu ouvido.

– A vida é feita de trocas, de reciprocidades, de companheirismo.

Grupo de memória do lar de idosos

A cuidadora se esforçou para que Dona Mina aceitasse participar das reuniões do grupo de memória quando os idosos conversavam sobre as lembranças da vida.

Como esperado, depois de muito relutar, Dona Mina aceitou conhecer o grupo, com a promessa de que não voltaria uma segunda vez. Quis colocar seu pior traje, não se maquiou e foi com a acompanhante até sala onde as cadeiras estavam dispostas em círculo, para ouvir as narrativas da vida alheia. Uma residente falou sobre o namorado da juventude com quem nunca se casou. Outra falou sobre o marido com demência avançada e internado na ala hospitalar. Uma terceira mulher falou coisas desconexas sobre os três maridos e sobre os muitos amantes que teve ao longo da vida, ela lembrou os nomes seletivamente. Ela contava intimidades e ria com espasmos de enfisema pulmonar.

Sem esperar pelo término do encontro, Dona Mina pediu para ser levada ao quarto. Ela não compartilhou sequer um episódio da sua vida.

O fim da Saga

Aos vinte anos de casamento com Ademar se somaram quarenta e dois anos à frente da livraria, com oitenta anos, Dona Mina resolveu parar. Ela soube passar pelos altos e baixos da atividade dos livreiros, sobreviveu quando muitas livrarias fecharam, e manteve bom relacionamento com autores e editores, o que fez dela uma mulher respeitada nos meios literários. Uma mulher de poucos afagos e nenhum sorriso, ficou conhecida como uma pessoa de difícil trato. Vendeu a livraria com o plano de permanecer na casa onde conviveu com Ademar.

Em pouco tempo percebeu que perdia a acuidade dos sentidos. Com a objetividade que sempre cultivou tomou a decisão de ir para um lar de idosos já que não tinha a quem prestar contas. Negociou uma doação para a entidade mantenedora e percebeu que tinha o suficiente para os pequenos gastos do dia a dia. Nunca mais soube do namorado da juventude, Iuri, o imigrante que gostava de livros e que desapareceu para sempre, de quem ficou apenas a imagem do filho perdido. Talvez tivesse voltado para o seu país. Também perdeu o contato com Lygia. De Ademar, ficaram as lembranças de quem lhe deu apoio quando precisou. Do pai já não lembrava quase nada. Da mãe, tinha saudades.

No lar de idosos Dona Mina não recebia visitas. Não conversava com os outros idosos e na maioria das vezes, nem mesmo os cumprimentava, e quando o fazia, não era mais que um aceno com a cabeça. Na data do seu aniversário, ficava calada sem agradecer ao carinho recebido enquanto os idosos comemoram o seu aniversário com bolo e parabéns.

O dia da visita dos cães era motivo de alegria para os residentes. Os cães rodeavam os idosos abanando o rabo, em troca de afagos. Dona Mina evitava encontrá-los. Ela foi surpreendida no dia em que uma menina entrou no seu quarto trazendo um cão labrador que cheirou cada canto do seu aposento. Dona Mina não gostava que frequentassem o seu espaço, e olhava pela janela de serviço. Ao perceber a presença do cão, manejou a cadeira de rodas e deu as costas para a janela escura. O cão se aproximou, cheirou os pés e lambeu, as mãos de Dona Mina que tentou manifestar uma frase de repulsa. Antes que conseguisse articular a fala, ouviu a menina chamando pelo cão, ela segurava uma boneca nas mãos.

A menina deixou a boneca no colo de Dona Mina e foi brincar com o cachorro. A velha senhora, com a mão trêmula, segurou a boneca, levou a cadeira de rodas até a mesa onde buscou uma escova de cabelos e penteou o seu cabelo e o da boneca. Passou um lápis na sobrancelha, e faz o mesmo na boneca. Quando a menina entrou com o cão, Mina segurava a boneca apertada ao peito, e olhava pela janela grande que dava para o jardim onde o jardineiro japonês cuidava das roseiras.

Hamsin sopra do deserto

O Hamsin sopra durante a primavera e o outono no Oriente Médio. Vem do Saara, é quente e seco, dura 50 dias e atinge 140 km/hora. A poeira fina incomoda e prenuncia mau agouro. Acredita-se que cause incêndios e problemas respiratórios. Quando encontra o ar úmido, provoca temporais e a poeira impede a infiltração da água no solo, correndo pela superfície causa inundações. O vento Hamsin foi citado por Heródoto e os exércitos invasores de Napoleão e de Hitler sentiram sua força.

*

Eu colocava panos úmidos nas frestas das portas e janelas, costumo me proteger quando o serviço meteorológico avisa que o Hamsin se aproxima de Jerusalém. Sou distraído, o meu chefe me critica por isso, custei a perceber que alguém batia na porta, atendi o menino que trazia um recado manuscrito. Era mais uma tentativa de Naim, meu amigo de infância que andava às voltas com grupos armados. "Temos o desejo de ter uma pátria livre", dizia o bilhete. Eu e Naim queremos a mesma coisa, mas de maneiras diferentes. Eu o evitei o quanto pude, mas não posso me isolar e deixar de andar pelo bairro, rezar na Mesquita, fazer compras, ir à farmácia, enfim eu desejo viver uma vida normal. Naim me esperava à porta do mercado, não pude me esquivar.

– Precisamos de você, queremos algumas informações, você não vai se comprometer.

Eu ignorei o pedido, custei a conseguir o emprego, eles checaram a minha vida antes de me darem a permissão para trabalhar na fábrica do kibutz. Todos os dias eu fazia o percurso e passava pela revista, embora os guardas já me conhecessem nunca falaram comigo, eu era ninguém, era como se o vento passasse pelo *check-point*, mas mesmo ignorado, eu trabalhava com dedicação. Chega, não quero mais sangue na família, já basta ter perdido um irmão atingido por uma bala que não era para ele. A vida parece com um vento de duração curta que para de soprar a qualquer momento. Depois da morte de Nassr, eu e papai permanecemos na casa da família, com o tempo a lembrança de mamãe se resumiu ao retrato pendurado na parede da sala. Quando o assunto surgia nas conversas, papai chorava em silêncio. Ele não aguentou muito tempo, primeiro perdeu a mamãe e depois Nassr foi morto, foi demais, um dia papai morreu de tristeza. Acho que todos nós temos razões para morrermos de tristeza.

Ignorei o convite de Naim, também porque eu não seria um bom informante, poderia acabar pondo tudo a perder, e mais ainda porque realmente acreditava em outro caminho para o nosso sonho. Ele me ameaçou, me pressionou e me tratou com desprezo. Eu voltei para casa e continuei a colocar panos nas frestas para me proteger do Hamsin.

Saio de casa em Beit Safafan, ando até o ponto do ônibus, passo para o outro lado de Jerusalém e espero pelo coletivo que me leva pela Via Moshe Baram até o kibutz Ramat Rachel. Todos os dias eu transito entre dois mundos separados por um muro invisível, eles precisam de trabalhadores para os serviços na fábrica de equipamentos agrícolas, eu consegui a posição depois de anos de tentativas. Quem sabe eu ainda serei contratado para trabalhar no hotel, é mais difícil, pois eles reservam os melhores postos de trabalho para os israelenses. Papai trabalhou a vida toda como padeiro e nós vivíamos bem, até que o Hamsin soprou em uma primavera e logo depois mamãe morreu, sem nenhum sintoma ou doença ela simplesmente morreu. Dois anos depois o Hamsin soprou novamente e houve um atentado e tiros foram disparados contra quem tivesse cara de palestino, assim morreu Nassr sem ter culpa de nada.

*

O meu chefe tem razão, eu ando tão distraído que não notei que chegamos ao ponto final, foi o motorista que me alertou. Avi me esperava como fazia todos os dias, um doce menino, é o meu amigo judeu, eu o amo como se fosse um irmão mais novo, ou como se fosse um dos meus amigos de infância, nossas conversas são sobre o céu, sobre as nuvens, também falamos sobre os ventos e sobre jogadores de futebol. Avi adora futebol. Ele me faz todas as perguntas que passam pela sua cabeça, principalmente aquelas que não faz para Rivka, sua mãe. Quase todos os dias ele me espera e me acompanha até a fábrica, sempre faz alguma pergunta sobre a vida das formigas, o começo do mundo, a existência de Deus, coisas assim. Depois de se satisfazer com as minhas respostas evasivas ele me deixa seguir para o trabalho e vai encontrar a mãe.

O Hamsin chegou, já soprava há dez dias e a poeira alterou o ânimo das pessoas que estavam nervosas, impacientes. Eu entrei na fábrica, vesti o uniforme e fui trabalhar com a empilhadeira das caixas, eu era responsável pela checagem dos equipamentos de irrigação exportados para o mundo todo. Eu gosto do meu trabalho, não preciso pensar, basta prestar atenção em alguma caixa danificada ou com o lacre rompido. Já ouvi falar que estão comprando robôs e que em breve não precisarão de mim. A tarefa que executo é repetitiva, levo o carrinho até uma pilha, encaixo à frente do carrinho no engradado, levo as caixas até o caminhão e verifico uma a uma. Aproveito o tempo para imaginar como a minha vida teria sido diferente se trabalhasse no hotel recebendo turistas, ou vivendo em um lugar onde não soprasse o Hamsin. Como seria bom se eu fosse amigo de Rivka, quem sabe até seu namorado. Eu cuidaria de Avi e ele poderia ter um pai, como sempre sonhou. Sou apenas um ano mais velho do que Rivka, ela trabalha no hotel. É uma mãe carinhosa. Quando está trabalhando, Avi fica na creche, na escola ou na casa coletiva das crianças. É um bom menino.

Eu tentei uma vaga no curso de técnico de operação das máquinas que estão para chegar, estou esperando ser chamado. Rivka disse que iria conversar com o gerente que ela conhece, cresceram juntos no kibutz, serviram juntos no exército, são amigos próximos, quem sabe ela consiga uma vaga para mim.

*

O Hamsin soprou forte naquele dia, foram quase três semanas com a poeira nos envolvendo. Eu estava no vestuário quando um dos trabalhadores novos colocou um bilhete no meu bolso, era mais uma cobrança de Naim, queria que eu informasse as rotinas dos guardas que cuidam da fábrica, o horário das trocas de turno, quantos soldados faziam a segurança. Eu não poderia ajudar. Como poderia conviver com a sensação de trair Avi? Eu nunca mais poderia conversar com ele sobre futebol, sobre a copa do mundo, ou assuntos menos relevantes como a existência ou não de Deus. O que Rivka faria se descobrisse que eu era um espião? Eu perderia o único amigo que tenho.

Quando Rivka me convidou para lanchar na sua casa fiquei curioso. Conversamos sobre vários assuntos até que ela perguntou se eu poderia fazer companhia para Avi por algumas horas depois do expediente. Nos próximos dias ela iria a Tel Aviv. Ao retornar ela me levaria de carro até a minha casa. Claro que aceitei, como negar um pedido de Rivka?

*

A temperatura subiu 20 graus em um dia, a poeira encobriu o céu e o serviço meteorológico anunciou que haveria chuva forte com risco de inundações. A fábrica liberou os funcionários duas horas antes do final do expediente, eu ia para casa e passei no mercado para fazer compras, a chuva forte me pegou no meio do caminho carregando os pacotes. Um carro parou ao meu lado e abriu a porta oferecendo ajuda, era Naim que me olhou com ar crítico. Disse que ainda prezava a nossa amizade e me levou até a porta de casa. No carro, ele me disse:

– Sei que não é do seu interesse saber que o plano segue para uma conclusão, em breve você saberá pelos jornais que perdeu a oportunidade de ser parte deste ato de resistência.

Eu desci do carro de Naim sem falar uma palavra, estava aterrorizado, não acreditava nas soluções de sangue para o conflito que conheço desde que nasci, não havia nada a fazer, só tinha a certeza de que não queria que acontecesse.

Quando encontrei Avi no ponto do ônibus ele estava feliz, soube que eu ficaria com ele por algumas horas depois do expediente, disse que assistiríamos um jogo do Real Madrid na televisão. Eu concordei que seria um bom programa para esperarmos pela volta de Rivka da viagem de duas horas para Tel Aviv. Passei o dia empilhando e verificando as caixas a serem embarcadas no caminhão, a minha mente estava vazia, não tinha devaneios depois que soube que iria acontecer um atentado. Eu preferia não saber.

Quando terminou o expediente, Rivka me aguardava com o seu carro à frente do portão da fábrica, estava agitada, não terminava as frases. Fomos para sua casa onde Avi me esperava, era a primeira vez que eu ficaria com ele em sua casa por algumas horas. Logo que cheguei, ele me levou à frente do aparelho de TV.

Rivka vestiu uma roupa elegante, bem diferente do seu estilo habitual. Se despediu de Avi e me agradeceu pela gentileza de cuidar do seu filho. Me orientou a pegar a comida que deixou na geladeira, bastaria aquecer no micro-ondas. Ela estava com o rosto maquiado e deixou um rastro de perfume quando se despediu. Parecia uma mulher diferente daquela que eu conhecia, e estava um tanto eufórica. Era, em tudo, parecida com Avi.

Rivka aguardava na frente da casa quando um carro parou, ela aproximou-se do motorista e lhe beijou o rosto. Eu conversava com Avi sobre os atletas famosos que iríamos ver naquele jogo entre Real Madrid e Barcelona, que estava prestes a começar. Eu tentava prestar atenção nas palavras dele, mas a minha cabeça reprisava sua mãe saindo de casa, elegante, mais bonita que o normal. E quando me desvencilhava daquela imagem, eu lembrava do atentado anunciado por Naim.

Assistimos o jogo e Avi estava feliz com o resultado. Real Madrid venceu por dois a um. Eu aqueci o jantar que foi pautado pelo tema da origem de Deus. Seria real ou uma invenção dos homens? Longe de chegarmos a alguma convergência de ideias resolvemos lavar os pratos e voltamos ao aparelho de tv, o noticiário anunciou que uma chuva caía sobre toda a região, havia risco de enxurradas. Depois de uma hora recebi um telefonema de Rivka, ela me pediu desculpas, pois não conseguiria chegar no horário, uma parte da estrada estava submersa, uma ponte foi danificada e ela estava presa no congestionamento. Depois de meia hora Rivka ligou novamente perguntando se eu poderia dormir na casa naquela noite e cuidar de Avi, pois a estrada foi totalmente interrompida. Falava-se em atentado e ela achava arriscado prosseguir, preferia dormir em um hotel e viria na manhã seguinte, a tempo de me levar à fábrica no meu horário. Eu concordei.

Ao redor de meia-noite, o silêncio foi quebrado por sirenes de ambulâncias. Eu não consegui dormir. Avi teve uma crise de asma, e eu usei uma bomba de oxigênio que Rivka mantinha para estas ocasiões. Ele era um menino sensível, e aquela noite foi cheia de fatos inesperados. A energia foi cortada e demorou para retornar. Enquanto conversava com Avi para acalmá-lo, acionei o equipamento de respiração no modo manual e tentei mantê-lo entretido. Depois da pausa da tempestade, a noite silenciou, e nem mesmo se ouvia o som dos carros ou das sirenes, só o Hamsin fazia saber da sua existência persistindo o seu som ininterrupto.

Ao amanhecer Avi acordou e perguntou pela mãe. Tentei contatar Rivka, mas ela não respondeu aos chamados do telefone, nem minhas mensagens, e não voltou na hora combinada. Telefonei para a fábrica para avisar do incidente e justificar a minha ausência do turno de trabalho. Foi então que soube que o turno fora suspenso por motivo de um atentado a bomba ocorrido naquela madrugada, havia feridos e mortos. Assim que eu desliguei o telefone ouvi vozes na porta da casa, abri uma fresta da janela e vi os soldados entrando, duas mulheres fardadas abordaram Avi e o levaram para algum lugar sem qualquer explicação.

Eu fui interrogado ainda na casa e depois fui levado para um quartel do exército. Lá fizeram mais perguntas confusas que eu não soube responder. Depois me deixaram numa sala por horas.

No final da tarde me liberaram, retornei para casa fazendo parte do trajeto a pé, havia um caos nas estradas ao redor do kibutz. Ao chegar vi o noticiário sobre o atentado e soube da morte de um oficial do exército israelense.

Quando Rivka ligou, ela estava abalada, disse que conhecia o oficial que morreu e que queria me agradecer por ter cuidado de Avi. Assim que soube que eu fui detido, ela procurou os oficiais para explicar que eu era inocente, que era amigo da família e pediu para que me liberassem. Tentei que ela me desse mais explicações, mas ela desligou, disse que não podia falar, estava ocupada.

O Hasmin soprava havia 42 dias, a imprensa pouco falou sobre a identidade do oficial morto, parece que as pessoas se acostumam com a violência. Aos poucos a vida tomou rumo normal com algumas diferenças, eu não podia mais encontrar Avi e o meu trabalho agora era vigiado.

Soube também da prisão de Naim, estava incomunicável e foi acusado de ser o mentor do atentado. Eu não tinha mais a rotina do trabalho, também não era bem-visto ao circular pelo meu bairro, ficava em casa a maior parte do tempo, comecei a ler livros, algo que nunca me atraiu. Li Amos Oz e Edward Said e compreendi algo sobre o beco sem saída em que vivo, concordo com os argumentos dos dois lados, será que estou correto? Com quem compartilhar os meus sentimentos?

Estava em casa quando os policiais chegaram, entraram sem perguntar nada, não disseram qual o motivo e reviraram tudo, olharam cada peça de roupa, perguntaram se eu tinha armas, quiseram saber sobre a minha relação com Rivka. Me levaram para um presídio e disseram que tinham provas da minha relação com Naim e que eu não poderia mais trabalhar na fábrica e nem circular pelo kibutz, eu me tornei suspeito de pertencer ao movimento. Eu ficaria detido até a conclusão das investigações. Pensei em Avi, lembrei do meu pai, teria vergonha de que ambos me vissem preso.

A cela onde estou é escura, fria e úmida. Até então, só ouvira falar nas prisões pelos meus amigos que foram libertos. Só agora compreendi o que significa ficar sozinho numa cela, esperando por algo que você não sabe exatamente o que será. Ontem um advogado público veio me visitar e explicou a respeito da minha prisão. Eu fui acusado de colaboração, ele trouxe uma foto minha saindo do carro de Naim, não há nada que se faça por aqui sem ser vigiado. Disse que vou permanecer preso aguardando julgamento e soube que, se for condenado, pegarei prisão perpétua. Pedi para o advogado contatar Rivka, ela poderia depor a meu favor, ela sabia a meu respeito, eu estive na casa dela cuidando de seu filho o tempo todo, enquanto aconteceu o atentado.

O advogado me ouviu, pela sua fisionomia parecia não estar convencido dos meus argumentos. Tive tempo de fazer uma pergunta antes do advogado sair.

– Doutor, o Hamsin ainda sopra sobre Jerusalém?

– Parece que o vento parou, ontem fez cinquenta dias desde que começou a soprar.

Depois de dois meses detido, recebi a visita de um segundo advogado, o jovem com aparência de recém-formado não olhou nos meus olhos, eu era um número no processo que lhe caiu nas mãos. Ao menos trouxe uma boa notícia, eu estava livre, poderia ir para a minha casa imediatamente. Eu pedi uma explicação para a decisão, ele leu o volume que estava na sua pasta e comentou que o depoimento de uma pessoa alterou o rumo do processo. Segundo ele, uma tal de Rivka foi a causa da decisão da corte de justiça. Parece que ela se motivou com o meu caso e chegou a comentar sobre a minha amizade com Avi, seu filho, disse que eu tinha um emprego fixo, que era uma boa pessoa e que nunca me envolvi com qualquer causa política, religiosa ou qualquer outro motivo de desconfiança. Estava tudo nos autos e o argumento foi convincente.

Saí em direção a Beit Safafan, queria voltar para casa o mais rápido possível. Na saída cruzei com uma família que abraçava um homem e todos choravam, eu não tinha ninguém a me esperar, recebi os meus pertences e conferi se a minha carteira estava intacta, havia alguns shekels e o passe do ônibus.

Quando cheguei em casa encontrei as paredes pichadas com a palavra: traidor. A casa estava cheia de poeira deixada pelo Hamsin, eu varri cada cômodo com todo o cuidado pensando no meu pai, a minha mãe me olhava pela foto que pendia na parede no mesmo local onde sempre esteve.

Telefonei para Rivka, que não atendeu. Tentei ligar para o hotel onde ela trabalhava e fui informado que ela se demitira e havia se mudado para Tel Aviv. Nunca mais soube dela. Nunca mais encontrei Avi.

Noite de Argenta

Vamos Chamar o Vento
Vento que dá na vela
Vela que leva o barco
Barco que leva a gente
Gente que leva o peixe
Peixe que dá dinheiro, Curimã...
CAYMMI

*

Nara despertou embalada pelas ondas.

– Olha Pedro! Acorda! Começou a brilhar, vê que lindo.

Pedro rolou o corpo que descansava no colo de Nara, onde costumava se aninhar nos intervalos da pesca. Ouviu o ruído das ondas batendo no casco do barco. Levantou a cabeça para ver o brilho estourar na crista das ondas.

– É noite de argenta, não te disse? O mar brilha tanto como teus olhos.

Nara acariciou o braço direito do companheiro, que tinha o seu nome tatuado. Com o esquerdo, Pedro envolveu o corpo de Nara num abraço, antes de se levantar e sair ao convés para firmar a corda que prendia o barco ao píer.

Soprou forte o sudoeste anunciado por um aguaceiro, por dois dias os barcos pequenos não saíram. Sem pesca não tem curimã, e não tem dinheiro. A chuva espantou os turistas e Pedro ficou sem o extra que ganhava nos barcos de passeio. Sem peixe, sem turista, sem navegação, sem dinheiro.

– Eu quero te contar do que deu na minha cabeça. Foi um convite que recebi. Uma traineira de Itajaí subiu até Cabo Frio, vai voltar para descarregar o peixe. Perderam um tripulante que bebeu demais, disseram que se enroscou na rede do caíque, morreu afogado. Dos marinheiros eu ouvi outra história, que ele se engraçou com umazinha comprometida, parece que foi bala que matou o caiqueiro. Sabe-se lá, né? Talvez tenha sido tudo isso numa história só...

– E então? – Perguntou Nara.

– Ofereceram de me contratar até o fim da temporada da pesca. Alguém disse que eu sou caiqueiro. Eu aceitei, vou voltar com a grana para alugar a casinha que tu tanto quer pra gente poder sair desse barco.

– Eu esperava por uma notícia assim, tu não tem parada. Quando tu volta?

– Antes do defeso começar. Sempre que o barco descarregar, vou ter dois dias de folga para te visitar. Eu ligo pra você na pousada, quando tiver sinal de telefone.

– Por falar nisso, preciso voltar pra lá, o gerente quer que eu fique por perto, amanhã cedo vou preparar os quartos dos turistas que vão chegar para o fim de semana.

Pedro e Nara permaneceram calados por um tempo que não passou. Abraçados, se despediram. Nara e Pedro ouviam a respiração um do outro, o baque-baque da água no casco do barco deu ritmo ao brilho da argenta e marcou a saudade que ambos começaram a sentir antes mesmo de se afastarem.

Pedro embarcou, na mochila uma troca de roupa para o trabalho, outra para quando desembarcasse, um par de chinelos, o celular, o carregador, a carteira com documentos, e a saudade que não tem forma, mas pesa mais que tudo. O mestre proeiro Adonias anunciou o nome do novo tripulante e o apresentou para a tripulação.

Os marujos olharam de cima a baixo, e continuaram o trabalho, enquanto o mestre mostrava o beliche na cabine compartilhada com mais quatro camaradas. Pedro tinha tutano, sabia cevar amizades. Carregou o balde que o safador de gelo precisava entregar para o cozinheiro, tirou o lixo de uma cabine que não era a sua, pulou no mar para resgatar uma toalha que o vento levou de um varal improvisado. Ele sabia lidar com o mar e com a gente do mar. Uma ajuda aqui, uma palavra alhures, o silêncio bem medido, e assim a tripulação se acostumou com Pedro que parecia nem ocupar espaço.

Abastecida em Santos, a traineira Curimã brilhou de nova. Media 25 metros, levava uma rede que abria 800 metros em uma lançada e carregava 120 toneladas de peixe no porão cheio. Na hora de soltar a primeira rede, Pedro caiqueiro mostrou conhecer o traçado. Segurou uma ponta da rede com um motor forte para aguentar o peso, com a ponta solta rodeou o cardume, fechou a saída e fez uma manobra rápida travando o escape do pescado. Depois a tripulação puxou a rede gorda com motor e guindaste. Com as redes pequenas a tripulação recolhia os peixes que escorriam que nem água para o porão cheio de salmoura resfriada.

Pedro pensou no caiquero morto, disseram para a polícia que ele se enroscou e encontraram o corpo quando recolheram a rede. Ninguém gostava do tal, reclamaram da perda de tempo com o defunto que teve de ser levado até a capitania, e lamentaram o dia de trabalho perdido. Para Pedro, melhor mesmo era pensar em Nara.

Quando a rede foi arriada pela quinta vez, o barco completou as 120 toneladas de peixe. A decisão do mestre Adonias foi seguir para Itajaí para entregar o pescado no entreposto e depois seguir rumo ao sul para pescar anchovas. Pedro estava preparado para repetir muitas vezes a operação com o caíque até chegar o tempo do defeso. Tempo de voltar para casa. Pensar em Nara fazia bem, e quando conseguia sinal no celular falava com ela, contava histórias, explicava que as coisas estavam bem e que eles iam alugar a casa assim que ele voltasse com o bolso cheio.

Pedro se acostumou com o barco grande, com a tripulação numerosa e equipamentos que descobriam os cardumes sem reza. Já nem se lembrava de quando trabalhava sozinho no barco de 10 metros com um rádio transmissor que funcionava de vez em quando e do motor que falhava sempre. Na traineira Curimã o sonar achava os cardumes, o radar funcionava, e os rádios de comunicação estavam alertas a indicar qual a melhor rota para cercar os peixes. Quase nem tinha graça, uma covardia.

Entregaram o pescado em Itajaí e o Curimã seguiu rumo ao sul. Estavam a 40 km da costa quando o aviso da capitania foi copiado anunciando um vento sudoeste logo ali, e mais um ciclone que se armou na rota do barco. Não havia alternativa, os cuidados foram tomados, a tripulação se amarrou nos beliches e as rotinas foram seguidas, o que incluía o ajuste da proa da embarcação à espera do tempo ruim e muita reza para quem acreditava. Mestre Adonias percorreu a embarcação, checou cada detalhe e falou com a calma de quem conhece o perigo.

– Barco grande chacoalha, mas não se entrega.

Pedro, amarrado ao beliche, tentava dormir até que as ondas acalmassem. Acordou com o soar do aviso de emergência que levou a tripulação para o convés. O rádio copiou um aviso de naufrágio na área onde eles estavam, era preciso socorrer uma pequena tripulação em risco. O radar e a comunicação com a guarda costeira ajudaram a localizar o que restou do barco acidentado. Oito homens esperavam por ajuda em meio a ondas de três metros. Recolhidos, foram levados até Garopaba e os planos da Traineira Curimã foram mais uma vez alterados. A tripulação desembarcou antes de seguir viagem, à voz pequena reclamavam de mais um dia perdido.

A parada em Garopaba alterou os planos, a tempestade danificou o sensor do sonar usado para localizar os cardumes. A decisão do mestre Adonias foi aportar em Laguna, onde existe socorro técnico e deu folga para a tripulação que teve uma noite livre na cidade.

Com a roupa de passeio, Pedro foi mais Sabino, o cozinheiro, e Ângelo, o safador de gelo, até um bar perto do cais, um bom lugar para passar o tempo. O local estava vazio quando os três colegas chegaram, o cheiro de fritura, água sanitária e perfume barato os recebeu. Não demorou para que o falatório sobre um barco atracado chegasse aos ouvidos das meninas que trabalhavam no local. Pedro mal teve tempo de pedir algo para beber, quando uma moça ocupou uma cadeira na sua mesa. Morena, ela não se apresentou, o seu vestido de algodão com estampas floridas, contrastavam com a cor da sua pele. O cheiro do perfume se destacou.

– De onde veio este moço tão bonito?

Pedro, ignorando a pergunta, chamou o garçom, pediu uma cerveja e uma dose de cachaça. A moça insistiu mudando a tática.

– Eu me chamo Mona. Você não gostaria de me conhecer melhor? E essa tatuagem no seu braço? Nara? Você parece um homem decidido. Sabia que tatuagem não sai nunca mais, que você vai ter que viver com ela pelo resto da vida? Já a Nara, onde está?

Calado, Pedro virou o copo de cachaça de uma vez só, e então pegou o de cerveja, sorvendo um longo gole.

– Não vai me oferecer nem um copo de cerveja?

Sem olhar para a moça, Pedro pediu um copo no balcão, e serviu Mona. Ela continuava insistindo em puxar conversa. Ele apenas respondia sim ou não, por vezes só com um aceno ou movimento da cabeça, enquanto esvaziaram quatro garrafas de cerveja e mais duas ou três cachaças.

Quando Mona alisou o braço tatuado de Pedro para dizer que ia ao banheiro, ele aproveitou para fazer o mesmo e, na saída, se encontraram no corredor. Mona o empurrou contra a parede e o beijou, depois guardou silêncio e o levou para o um dos quartos do andar superior.

As reações de Pedro eram mecânicas e seus sentidos quase não viam quem estava ao seu lado.

– Tá pensando na Nara, marujo? – Disparou Mona que, no quarto semiescuro, mostrava o corpo e fazia movimentos circulares ao redor de Pedro. No cheiro de Nara, pensou Pedro, que num golpe respondeu às provocações ensaiadas da menina com o vigor embalado pela saudade e pela cachaça. Mona se surpreendeu como quem acorda um animal que hibernava. Mantendo silêncio, Pedro esticou a corda do tempo e se satisfez com o corpo da menina que, naquele momento, em suas lembranças, era Nara. Depois da satisfação, já arrependido, Pedro começou a recolher as roupas jogadas no chão. Mona se levantou da cama com suas roupas nas mãos.

– Você estava em outro lugar, tenho inveja dessa mulher. Nara. Eu também sinto saudades algumas vezes, sabia, mas não posso deixar a minha cabeça me enganar. Se eu pensar em quem eu quero de verdade, acabo enlouquecendo. Pedro é o seu nome, certo? O quê você está esperando para ir ao encontro dessa mulher? O que ainda está fazendo aqui?

Pedro olhou para o rosto de Mona e sorriu pela primeira vez. A bebida e o cansaço fizeram efeito, e ele acabou dormindo. Só despertou com a voz de Sabino plantado à porta do quarto.

– Vamos trabalhar companheiro. O barco vai sair e sem a gente nada funciona por lá.

No caminho em direção ao cais, Sabino percebeu o olhar distante do colega, o pensamento alheio, as poucas palavras.

– O que foi que aconteceu? Não te agradou a moreninha do bar?

Pedro ouviu a pergunta e se manteve calado. Os dois continuaram a caminhar até o local onde os demais companheiros esperavam no bote que os levou ao Carimã. Pedro foi para a cabine, pegou a mochila e procurou o mestre Adonias.

– Vou-me embora.

Sem ouvir qualquer palavra do mestre, Pedro pegou a mochila com a troca de roupa, celular e carregador, documentos, e foi até a rodoviária onde comprou passagem para Florianópolis, de lá comprou o trecho para São Paulo, e dali seguiu para casa. A viagem toda demorou dois dias e Pedro não avisou Nara da decisão. Não queria falar com ela, arrependido da noite com Mona.

Entardecia quando Pedro desembarcou do ônibus na frente da igreja da vila. Olhou ao redor, reconheceu as pessoas que circulavam na rua de terra batida, e não esperou para procurar por Nara na pousada. Pedro sabia da rotina das quintas-feiras, era dia de deixar tudo pronto para os turistas que chegam na sexta.

Na pousada, a porta aberta e ninguém na recepção. Pedro entrou pelo corredor que leva ao pátio de serviço, onde fica o cômodo ocupado por Nara. Ele estancou quando viu o gerente saindo do quarto. Seu coração batia descompassado. Quando chegou a porta da recepção, o gerente o avistou.

– Ora, ora, Pedro pescador, vejo que você voltou antes do defeso.

– Fale para Nara que estou na Vila e quero falar com ela no cais.

– Tá bom. Ela está ocupada agora. Hoje é dia de muito serviço. Mas aviso ela sim.

Pedro esperou por três horas que mais lhe pareceu um ano, até que Nara apontou na areia da praia. Andou em sua direção, sentou-se ao seu lado, olhando em direção ao mar, e antes de lhe abraçar ou lhe beijar, como ele sonhara durante o percurso de volta, ela disse.

– Voltou antes do defeso.

O silêncio envolveu Pedro e Nara enquanto escurecia. Conversaram pouco. Nenhuma pergunta de ambos os lados, apenas comentários corriqueiros sobre a vila, sobre a pousada, sobre a viagem de Pedro. Algo estava estranho entre eles. Se ouviu o baque-baque das ondas no casco de um barco meio afundado que apodrecia no cais, já estava completamente escuro quando Nara disse que não poderia dormir no barco com ele. Precisava voltar para a pousada porque uma turma de turistas chegaria no meio da madrugada e ela precisava preparar tudo.

Se despediram com um beijo rápido e longe dos experimentados antes de Pedro viajar.

Pedro se levantou, e saiu pela vila procurando por Zico, antigo patrão, dono do barco de 10 metros que faz pesca ilegal na zona da reserva marinha. Conversaram e Pedro aceitou um pagamento muito abaixo do esperado, oferecido por Zico.

– Não pode dar cana? – Perguntou Pedro.

– É o único jeito de pescar alguma coisa – respondeu Zico – os barcos grandes não deixam nada para a gente, lá tem peixe bom e mesmo no defeso a gente segue pescando.

– No lugar proibido, na estação proibida. Como vamos descarregar o pescado? O posto da cooperativa não pode receber fora da temporada.

– Eu tenho amigos na cooperativa, está tudo combinado. Saímos no fim da madrugada. – Garantiu Zico.

Pedro passou a noite acordado tentando não pensar em Nara. Adormeceu quando a rádio noticiou a entrada do sudoeste. O barco de Zico saiu às quatro da manhã, e seguiu na direção da reserva marinha contornando as ilhas pelo mar aberto para evitar que fossem vistos. O barco chacoalhava como uma casca vazia quando os tripulantes soltaram a rede que voltou cheia. Lançaram novamente, e se deram conta do sudoeste que começava a soprar com força.

– Você não pode passar um rádio para ver a situação do sudoeste? Perguntou Pedro.

– O nosso rádio não funciona, é um sudoeste como os outros que sempre sopraram por aqui. Vamos trabalhar. – Respondeu Zico.

– Acho bom pagar os coletes, estamos balançando muito. – Falou Pedro.

– Não temos coletes neste barco, você voltou mal-acostumado da viagem na traineira. O nosso mundo é diferente, marinheiro. Aqui é para quem tem coragem de enfrentar vento noroeste, polícia, e seja lá o que for.

Os dias seguiram chuvosos, frios e o vento não parou de soprar. Os turistas não procuraram a pousada naquele fim de semana e o povo na Vila só falava de um assunto. O barco do Zico, que não voltou do mar. Quando o vento acalmou, a Guarda Costeira saiu a procura do barco.

Depois de dois dias de buscas, o barco da Guarda Costeira avistou pedaços de um barco nas pedras na ilha maior da reserva marinha. Quando trouxeram os corpos, a Vila ficou enlutada, todos eram amigos, primos, mulheres, amantes, afetos ou desafetos dos cinco pescadores. Teve velório coletivo no salão da cooperativa e missa na igreja para encomendar os corpos. O sepultamento foi silencioso. O céu limpou e as estrelas caíram sobre a Vila. Nara foi vista sentada no cais, tinha o rosto sem expressão e seus olhos refletiam o brilho prateado da argenta fora de época.

Pedro saiu no seu barco
Seis horas da tarde
Passou toda a noite
Não veio na hora do sol raiá.
Pobre Rosinha de Chica
Que era bonita
Agora parece que endoideceu
Vive na beira da praia
Olhando pras ondas
Andando rodando
Dizendo baixinho
Morreu, morreu...
CAYMMI

A Viagem de Irina

A Bora é um vento catabático que sopra de nordeste no mar Adriático, Croácia, Montenegro, Itália, Bulgária, Grécia, Eslovênia, Polônia, Turquia e partes da Rússia. Os habitantes de Trieste estão acostumados, quando sopra a Bora nada permanece no lugar.

*

Eu tenho todo o tempo do mundo para pensar, sei que a viagem neste trem será longa, mas o que mais me assusta é o trajeto de navio para o Brasil. Dizem que o Brasil é lindo! As coisas aconteceram, e eu não tive tempo de planejar. Me despedi de Olexandr como fazia todos os dias, ele estava feliz com o emprego no hospital. Kharkiv fica longe de Kiev, ao lado da fronteira russa, mesmo assim era um excelente local para trabalhar. Olexandr voltava cansado e contava sobre os atendimentos feitos no seu plantão, estava empolgado, parecia uma criança com um brinquedo novo. Foi então que começaram a chegar os feridos, Kharkiv foi a primeira cidade bombardeada, quer dizer, na verdade eles não param de nos bombardear desde 2014... ou desde sempre, sei lá, nem me lembro mais.

Tentei me empregar como fisioterapeuta, mas é difícil chegar em uma cidade assim, sem conhecer ninguém. Aproveitei o tempo livre para arrumar o apartamento que o hospital cedeu como parte do salário de Olexandr. Eu estava feliz, foi o companheiro da minha vida depois de dois relacionamentos desastrosos.

Eu consertava uma janela emperrada quando Olexandr telefonou, disse que soube dos bombardeios perto de Kharkiv e que eu não me preocupasse, pois eles não seriam loucos de atacar um hospital. Mas ele estava enganado. As horas passaram e eu fiquei preocupada, embora ele me pedisse para ligar só em caso de urgência, eu telefonei. Ninguém atendeu e as notícias começaram a circular nas rádios e na televisão.

Poucas pessoas estiveram no enterro, recém-chegados na cidade, nós não tivemos tempo para fazer amigos. Olexandr me tratava com carinho, me dava tudo o que não tive com Dmytro nem com Olav. Depois do serviço religioso, fiquei em casa sem saber o que fazer, sabia que deixaria o apartamento. Enquanto eu arrumava as malas, as sirenes soaram e o bombardeio começou. Alguém bateu na porta e ordenou que eu corresse para a estação do metrô onde estaria segura. Segura? Eu nunca estive segura na minha vida, nunca se sabe o que se passa na cabeça deles. Comi a sopa distribuída no abrigo, usei o banheiro que já não tinha água, tomei um comprimido e dormi não sei quantas horas, acordei sem saber quanto tempo havia se passado. Voltei para o apartamento, mas quando cheguei o prédio já não existia mais.

Retirei o dinheiro do banco, e fui para a casa de minha mãe. Logo que desci do ônibus vi que as coisas haviam mudado, quase nada lembrava a fazenda coletiva onde eu nasci e vivi até os meus 14 anos. Tomei o caminho em direção à vila, avistei o galpão onde as máquinas agrícolas permaneceram amontoadas e cobertas pela ferrugem do tempo soviético. Lembrei do meu pai falando que tudo era feito para não funcionar, que ele não atingiria a meta de produção, pois se atingisse ganharia como recompensa uma meta maior. Olhei para a estrada tão familiar, se eu caminhasse até o final chegaria ao banheiro coletivo, tudo era coletivo, até a fossa aberta na terra sob tábuas com buracos, era coletiva.

Eu nasci na era Gorbachev, quando o país se tornou uma república autônoma, falávamos ucraniano em casa e o idioma passou a ser ensinado nas escolas, finalmente pudemos estudar a história do meu país, aprendi sobre a presença dos gregos ao sul, dos vikings ao norte, dos judeus em todos os lugares, da liga Lituânia-Polônia-Ucrânia, soube do surgimento de Kiev centenas de anos antes de Moscou, lemos a obra de poetas e escritores ucranianos. Eu tinha doze anos quando viajei com meus pais pela primeira vez, fomos para a Alemanha. O império desmoronava, acompanhei meus pais ao distrito de votação para eleger um parlamento independente, embora eles tentassem manter os tentáculos metidos nas nossas vidas. Eu tinha dez anos quando a guerra da Criméia terminou, na verdade não terminou, eles anexaram o território em 2014, quando eu tinha trinta anos e já estava no segundo casamento.

A caminho da vila passei pelo prédio da escola e as lembranças de infância afloraram, foi quando avistei minha mãe que gritou o meu nome e andou tropeçando em minha direção. Nos abraçamos e eu chorei todas as dores que precisava. Expliquei-lhe os detalhes da morte de Oleksandr, a quem ela não conheceu, disse que tive um companheiro amoroso, minha mãe me olhava calada, acho que não sabia do que eu falava, e só então percebi que ela era uma velha, embora tivesse apenas 60 anos. Ela disse que eu poderia ficar o tempo que quisesse, para sempre se necessário fosse. Eu não respondi, mas essa não era a minha intenção.

Dormi mal na casa da minha mãe, e ao acordar fui à padaria. Tratores com cabine climatizada passavam ao meu lado a caminho dos campos, preparavam o plantio na primavera. A padaria era a mesma, embora a atendente fosse uma jovem com sotaque alemão. Ao sair encontrei dois amigos de infância que olharam para mim como se eu fosse um ser extraterrestre que teve coragem de sair daquele buraco. Eles souberam da minha chegada, perguntei sobre o que faziam na fazenda, responderam que viviam do acordo com a empresa alemã que trouxe o capital para produzir grãos naqueles chernossolos férteis, viviam da renda paga às famílias que compartilhavam a propriedade da fazenda coletiva. Disseram que eles mesmos não faziam muita coisa além de dar ordens e fiscalizar os trabalhadores. Completaram aos risos dizendo que o dinheiro era pouco, mas o suficiente para a vodka.

Depois de uma semana fui para Kiev em busca de emprego ou alguma atividade de apoio aos soldados que estavam no front.

*

Os voluntários se organizavam no campus da Universidade Shevchenko em Kiev onde o ensino continuava de forma remota. A movimentação era intensa, o alistamento para o exército mobilizava os jovens em Kiev, era o que podia ser feito em resposta aos ataques. Nas estações de trem mulheres se despediam dos companheiros que seguiam para o front. Eu entrei na fila do alistamento, eles fizeram algumas perguntas e sugeriram que me juntasse ao grupo de paramédicos, a fisioterapia seria necessária para anteder os feridos que chegavam das regiões invadidas. As sirenes soaram anunciando um ataque aéreo, corremos para o abrigo ouvindo os *migs* sobrevoando Kiev como trovões na tempestade. Eu tinha experiência, sabia distinguir o som emitido pelos foguetes Grad, que fazem um zumbido agudo antes de explodirem, pelo som assustam mais do que os S-300, que são silenciosos, porém bem mais destrutivos.

A primeira noite em Kiev não foi das mais agradáveis. No alojamento recebi um kit com roupas e produtos de higiene pessoal, me alimentei e tentei dormir. A ideia de que eu não conheci o sentido de felicidade não saía da minha cabeça. Olav era russo e foi violento comigo durante todo o tempo em que estivemos juntos, Dmytro, nascido em Kiev, conheceu uma polonesa em um site de encontros, falava com ela todas as noites, enquanto ainda estávamos juntos, até que me deixou e eu nunca mais soube dele. Com Oleksandr foi diferente, ele cuidou de mim, curou minhas feridas e me estimulou na carreira de fisioterapeuta, planejávamos ter um filho, mas não deu tempo.

Não consegui dormir, a cada hora saía para respirar no pátio do alojamento, fazia muito frio. Uma mulher se aproximou de mim. Ela estava ali fora fumando um cigarro. Se apresentou como Lyuba, disse que era brasileira, filha de mãe ucraniana de Lviv, o pai era pastor evangélico vindo do Brasil, e trabalhava com refugiados ucranianos que desejassem seguir para um lugar onde bombas não caíam como aqui. Segundo ela, o pai era de uma cidade chamada Guarapuava, onde vivem descendentes de ucranianos que emigraram para o Brasil. Foi lá que os pais de Lyuba se conheceram.

No dia seguinte conheci o Pastor Eliseu que me acompanhou até a embaixada brasileira. O local era como qualquer outra repartição pública. O Pastor conhecia todos os funcionários, e logo me explicou que entraria com um pedido de visto humanitário, o que me daria o direito de permanecer por até um ano no Brasil. Fui informada que teria o apoio de uma família de origem ucraniana em Guarapuava, eu só precisava do dinheiro para comprar a passagem. Com a ajuda de Lyuba e seu pai, aquela alternativa passou a mover os meus dias, embora não soubesse quanto tempo deveria esperar para sair a documentação.

Com as economias que Olexandr deixou comprei Euros e comecei a pensar na passagem, enquanto os documentos eram preparados. Na estação central me assustei ao ver a multidão que tentava comprar passagens de trem para Varsóvia, todos queriam sair da zona de perigo. Eu chequei as alternativas de voo; Frankfurt, Amsterdam, Paris, Londres, Madrid, mas as passagens estavam esgotadas e o preço tomaria metade das minhas reservas. Voltei para o alojamento sem esperança e Lyuba percebeu o meu desalento. Passei o dia escondendo o meu desanimo e recebendo as famílias que chegavam das áreas bombardeadas. Eu me consolava com situações piores do que a minha. Ao anoitecer eu estava exausta, Lyuba me convidou para irmos a um bar de estudantes ao lado do campus. Conversamos sobre o Brasil, o ambiente descontraído no bar contrastava com o momento que vivíamos, pedimos uma cerveja e relaxamos ao som da música techno.

Duas moças desacompanhadas bebendo cerveja, cena que motivou um rapaz a se aproximar de nós. Apresentou-se como Domenico, era italiano e ganhava a vida facilitando a saída de refugiados. Ele perguntou o que fazíamos em Kiev. A cerveja criou um ambiente descontraído, e seguimos conversando até que Domenico sugeriu que saíssemos do bar para um local onde a conversa fosse audível. Segundo ele, eu poderia conseguir uma passagem em um navio misto de carga e passageiros, que faz o trajeto entre Trieste, América Central e América do Sul. Disse ainda que ele mesmo poderia obter cabines para os interessados. Eu e Lyuba cruzamos nossos olhares, enquanto Domenico telefonava para o seu contato italiano, minha amiga permaneceu calada. Quando retomamos a conversa ele apresentou as alternativas: seria uma cabine compartilhada a preço módico no navio que transporta cafés especiais produzidos na Costa Rica e no Brasil, micro lotes de cafés de alto valor na rota Trieste-Limón-Santos. O frete de retorno para o Brasil era barato, pois o navio não podia transportar mercadorias além do café, então voltava vazio, por isso começaram a transportar passageiros. Sairia de Trieste dentro de uma semana e seguiria para o porto de Limón na Costa Rica e de lá para Santos. Fiz as contas, o preço da passagem era atraente mesmo incluindo o trecho de trem até Trieste. Pela segunda vez naquele dia eu me enchi de esperança e disse que compraria a passagem assim que a embaixada brasileira emitisse os meus documentos.

Já de volta ao alojamento, Lyuba sugeriu que eu falasse com o seu pai, pois ela não estava confortável com a possiblidade apresentada por Domenico. Eu continuava esperançosa, o que não significa que estivesse confortável. Mas achei melhor esperar.

No dia seguinte, Domenico me mostrou o trajeto de trem, saindo de Varsóvia via Breclav na República Checa, passaria por Linz na Áustria, entraria na Itália por Udine e chegaria em Trieste, num total de 18 a 20 horas de viagem. Eu disse a ele que não sabia se conseguiria comprar a passagem para Varsóvia, já que metade da população da Ucrânia estava na estação de trem. Domenico sorriu e sacou um envelope do bolso, ele tinha conseguido o mais difícil. Colocou em minhas mãos a passagem de trem para Varsóvia. Eu paguei pela passagem e como ele havia me pedido, antecipei também o dinheiro para a compra da passagem no navio.

Dois dias depois, Domenico me deu um endereço em Trieste onde eu retiraria a passagem para o embarque. Lyuba se mostrava preocupada, ela quis saber detalhes sobre a viagem que achou muito arriscada. Eu procurei amainar o clima contando a ela as coisas que eu já tinha descoberto sobre o Brasil na internet. Completei dizendo que o Brasil deve ser um paraíso, as imagens que vi do Rio de Janeiro cheio de gente na praia, dançando pelas ruas, eram maravilhosas, e parecia mesmo a pura felicidade tropical.

– Mais ou menos, eu nasci em uma colônia habitada por ucranianos e poloneses, saí para estudar em Curitiba. Vivi tempo difíceis por lá, pode não ter guerra como você conhece aqui, mas a violência foi o que me motivou a deixar o país.

– Violência? Que tipo de violência?

– Não há guerra, mas há vários tipos de violência. Roubos, assassinatos, crime organizado, tráfico de drogas, a polícia age com violência, muitas vezes, sem motivo. Tem também outros tipos de violência, como toda sorte de abusos. Eu fui abusada por um médico que era professor no curso de enfermagem, soube que ele fazia o mesmo com as outras alunas, mas ninguém teve coragem para delatá-lo. As marcas ficaram, a violência seguiu os meus passos quando mudei para São Paulo em busca de trabalho e encontrei pessoas da igreja do meu pai. Alguns me ajudaram, outros se aproveitaram da minha fragilidade, em especial o rapaz por quem me apaixonei, que acabou roubando todo o dinheiro que eu tinha e eu nunca mais o vi. Foi assim que eu decidi sair de lá, e como o meu pai já trabalhava com refugiados, vim parar em Kiev com ele e por aqui fiquei.

Passamos horas conversando, eu falei dos três casamentos, da infelicidade que marca a minha vida, da infância e juventude, das mudanças que presenciei no meu país, da desesperança de viver em guerra permanente e dos sonhos que ainda tinha.

– Irina, não vá! Estou com maus pressentimentos sobre esta viagem. – Disse Lyuba me abraçando ao fim da nossa conversa.

– Bobagem. É claro que a gente se preocupa e dá um pouco de medo, mas tem coisas na vida que é preciso seguir, mesmo com medo.

Agora estou aqui. E esta viagem parece interminável, faz 25 horas que embarquei e o trem está parado na fronteira com a Eslovênia, não consigo saber a razão. Só me resta lembrar das coisas boas que aconteceram nos últimos dias, lembrar de Lyuba que me ajudou com o contato com a família brasileira. A minha mãe, que aceitou a minha decisão, mesmo querendo que eu ficasse com ela até as coisas se acalmarem. Seguro em minhas mãos um crucifixo ortodoxo de ouro que minha mãe me deu, e que era de minha avó...

Até que enfim, alguma mudança de estado neste trem parado há horas. Um movimento brusco foi seguido por um apito estridente e o trem andou, tudo o que eu quero é chegar logo em Trieste. Vou esticar as pernas andando até o vagão onde fica o bar, mesmo que não esteja funcionando, só pra me movimentar um pouco. Não largo o alforje com sanduiches que minha mãe me deu, nem os documentos e o dinheiro. Vou me segurando pelas paredes do vagão, nas curvas eu me desequilibro, e numa delas fui amparada por um braço que agarrou a minha cintura com força, evitando uma queda.

– Precisa de ajuda, moça? – Perguntou o homem que me amparou.

– Não, obrigado.

– O meu nome é Dimitri, e você como se chama?

– Sou Irina, obrigado pela ajuda. – Tentei me desvencilhar daquele homem, mas ele insistiu e falou sobre os empregos que poderia me oferecer em Trieste, precisava de moças que quisessem trabalhar e ele conseguiria um salário recompensador. Com a minha negativa ele deixou um cartão com o seu telefone. Disse que seu precisasse era só telefonar. Eu agarrei a minha pochete e o alforje e retornei ao assento que havia sido ocupado por um casal que fingiu não me ver. Eu continuei a viagem encostada nas paredes do vagão ou agachada em posição de cócoras para tentar descansar.

Jamais imaginei que pudesse dormir de cócoras. Completamos 30 horas de viagem com mudanças de composição em Breclav e Salzburg, mas enfim, parece que estávamos chegando. A minha comida já havia acabado e eu precisava economizar o dinheiro. Ao olhar pela janela vi o dia escuro, enevoado e com a chuva a cair sem trégua. Não se via ninguém nas estações. Frio, vento, fome, e a saudade da minha mãe e da minha terra que já bate forte com um aperto no peito. Pode ser até que eu nunca mais veja a minha mãe, era nisso que eu pensava quando chegamos em Udine onde trocamos de composição, e um aviso em italiano foi emitido, mas eu não consegui entender.

Eu me levantei da posição fetal em que me encontrava, as minhas pernas estavam adormecidas e o trem, parado. Dimitri se aproximou e explicou que uma tempestade se instalou em toda a região de Trieste, a Bora, um vento que sopra do Adriático e que pode durar vários dias, talvez semanas. Quando sopra a Bora não há nada que se possa fazer a não ser aguardar.

A Bora não passava, eu não havia comido nada há horas e não me lembrava quando bebi o último gole de água. O trem andava lento como que batalhando para atravessar a tempestade e seguiu assim até que eu acordei com a movimentação das pessoas dentro dos vagões. Estávamos em Trieste, enfim.

A estação se esvaziou, em poucos instantes as pessoas correram para se proteger do vento. Eu entendi o que significa a Bora, as rajadas são tão fortes que as pessoas se seguram nos postes para não serem carregadas. O agente de imigração questionou sobre o meu propósito, eu mostrei os documentos da embaixada brasileira e fui liberada. Perguntou onde eu iria ficar, eu não soube responder, me senti insegura, a minha cabeça ficou confusa, talvez eu tivesse fome. O homem se compadeceu de mim e me levou até uma hospedaria que recebe viajantes em trânsito, foi bom ter uma pessoa para me ajudar, ninguém fez esforço para falar comigo. Fui parar em um quarto sem janela onde mal cabia a cama e uma cadeira, o cheiro de mofo dominava o ambiente. Respirei fundo para me acalmar, de qualquer modo estava pronta para embarcar.

Hoje pela manhã eu saí e enfrentei a Bora que ainda castigava a cidade com menos violência. Mostrei o endereço da empresa de navegação para o funcionário da hospedaria que fazia contas em um caderno de notas. Ele olhou para mim, repousou o lápis entre a cabeça e a orelha esquerda e disse que não conhecia nenhuma rua com este nome na cidade, depois baixou a cabeça e continuou a fazer suas contas.

Saí em busca de um lugar onde houvesse conexão para o telefone celular, encontrei uma loja de bonés onde uma senhora esperava por algum freguês improvável. Ela permitiu que eu conectasse o celular, telefonei para Domenico com esperança de ser salva. Alguém atendeu e não compreendeu o que eu falei, tentei inglês e a pessoa respondeu que aquele telefone era de uma confeitaria, e que não conhecia nenhum Domenico.

Com a respiração ofegante retornei para a estação de trem, procurei pelo agente que me ajudou no dia anterior, ele não estava lá. De longe avistei Dimitri, ele falava ao telefone celular, na porta da estação. Aquele homem que me causou repulsa era a única pessoa a quem eu poderia recorrer naquele momento. Mostrei a ele o endereço. Ele disse que não conhecia aquela rua, nunca ouvira falar, era bem provável que nem existisse.

– Eu acho que você caiu numa armadilha, pode ser que este homem levou o seu dinheiro. Mas nos resta ver se o navio existe ou se tudo não passa mesmo de um golpe. Vou levá-la para almoçar e vou pedir para checarem se esse navio existe.

Dimitri pagou meu almoço e passou o tempo todo no celular, andando da mesa para a porta do restaurante. Quando terminamos de almoçar, ele me disse que tinha más notícias. Que o navio não existia. Eu havia caído num golpe. Mas que eu poderia trabalhar para ele a partir daquela noite em um bar nas proximidades do porto. Eu teria algum dinheiro ao final da noite, poderia dormir na pensão que ele indicaria. Eu só tinha que deixar os meus documentos com ele, e ele ia me ajudar.

Segui com Dimitri até a pensão onde outras mulheres, quase todas da Polônia e Bielorussia, falavam um idioma que eu compreendia. Eu queria telefonar para minha mãe, queria falar com Lyuba que não parava de me enviar mensagens pelo celular. Respondi a ela que tudo estava bem, que eu embarcaria em breve para o Brasil.

Dimitri insistiu que eu precisava entregar meus documentos. Disse que faria isso no fim do dia, quando voltasse. Saí e corri pela rua em direção ao cais do porto e senti a Bora que voltou a soprar forte, trazendo junto uma nevasca. Havia cordas estendidas para tornar possível a caminhada das pessoas pelas ruas cobertas de gelo. Cheguei até o cais, olhei para um navio qualquer atracado, havia dois ou três por ali. Perguntei se algum deles ia para o Brasil. Ninguém me respondeu. Tentei mostrar meus documentos, mas era como se eu não existisse. Com os documentos nas mãos, andei de um lado para o outro, ouvi o ruído das folhas batendo como bandeiras, tentei me segurar e meus documentos foram levados pela Bora.

*

– Você viu aquela mulher sentada na beira do cais? Parece jovem, está no mesmo lugar desde que a Bora deu trégua na tarde de ontem. Ela fala coisas desconexas, acho que é russa ou ucraniana, não sei... Vamos nos aproximar, quem sabe possamos ajudá-la.

–Não vou não. Se quiser vá você, estou cansado de acudir os refugiados que aparecem nesta cidade. A maioria deles não presta pra nada. Vêm pra cá só para atrapalhar nosso país e ficar mendigando pelas ruas.

Terra de viúva

A primeira chuva da estação veio acompanhada de granizo e o vento derrubou os eucaliptos da divisa da fazenda. Torceu os troncos como se fossem feitos de papel.

*

Eu encontrei o corpo de Seu Antero, de bruços com o braço esquerdo acima da cabeça e o direito estendido. Não fosse a rigidez eu diria que estava dormindo. Eu nada pude fazer além de avisar a cooperativa. Um vendaval derrubou os eucaliptos na divisa da fazenda e ceifou a vida de Seu Antero. Ele desconfiava do olho gordo dos Malta, viviam a reclamar da posição da cerca. O vento arrancou a linha de energia e havia sinal de fogo que não chegou a se alastrar, mas a cerca ficou eletrificada. Esperei ao lado do corpo até a polícia chegar.

Foi parecido com a morte do tio Seiji, eletrocutado também. Ele era responsável por distribuir a semanada entre os sobrinhos, as famílias dos quatro irmãos moravam e trabalhavam na propriedade dos meus avós. Enquanto o meu avô viveu, os filhos não expressaram o ressentimento que tinham uns pelos outros. O meu avô colhia os dados da temperatura e de pluviosidade desde o dia em que comprou as terras no Paraná. Ele transmitiu o rigor com que via o mundo para os seus quatro filhos. Tudo era segundo a tradição. Eu soube que deveria me casar com o filho mais velho da família que morava no município vizinho, eram da mesma cidade do meu avô. Eu não aceitei, fui estudar agronomia e a família se esqueceu de mim. É o preço pago pela desobediência, preço que se torna ainda mais alto por ser mulher.

Quando o pessoal da cooperativa chegou, olharam para o corpo em silêncio. O Malta, vizinho e diretor da cooperativa, deu a ordem.

– Kassia vá contar para dona Pequena que o marido dela morreu.

Eu fui, mas a polícia chegou antes de mim e eles não tiveram nenhum cuidado em dar a notícia, trataram dona Pequena como um traste. Quando eu cheguei, eles exigiam que ela entregasse os documentos do Seu Antero, mas ela não tinha ideia do local onde estavam guardados, chorava como se tivesse culpa pelo ocorrido. Eu espantei os policiais e lhes disse que entregaria os documentos na delegacia assim que dona Pequena estivesse em condições. Resmungando, eles a deixaram em paz.

Quando eu vistoriava o cafezal da família, passava um tempo em companhia de dona Pequena depois que terminava o serviço. Ela me servia broa de fubá, mostrava as suas artes, os fuxicos e as rendas que ela tecia. Agora ela estava um trapo, não sabia onde tinha deixado o par de óculos e sem eles não enxergava nada. Os policiais nem se preocuparam com o fato dela precisar dos óculos para procurar os documentos. Eu a abracei e ela desandou a chorar no meu ombro.

– Eu não sei o que fazer, Antero nunca me deixou lidar com as coisas da fazenda, eu não tenho conta no banco e não sei onde ele guarda as coisas.

Depois de revirar as gavetas encontramos o par de óculos, os documentos do Seu Antero e um título de eleitor em nome de Isadora Leme.

– Quem é Isadora Leme? Tem um título eleitoral guardado aqui.

– Isadora sou eu, ora. Título eleitoral? Meu? Eu nunca tive título eleitoral, Antero dizia que eu não precisava votar.

*

Eu não podia fingir que não sabia das coisas. Na cooperativa todos falavam que dona Pequena venderia as terras. Os agrônomos extensionistas ouviam as conversas do Malta que falava sem se incomodar com a minha presença.

– As terras são boas, tem 30 ha de café plantados nos dois últimos anos, tudo na face norte, as mudas são de Catuaí de boa procedência. Ela está endividada, vai vender, é só esperar, pra conquistar terra de viúva basta ter paciência, mulher não sabe tocar roça de café.

Quando percebiam a minha presença paravam de falar, davam gargalhadas. Fui contratada a contragosto dos diretores, eles procuravam homens para a função de agrônomo-extensionista. As revendas pagavam melhor do que a cooperativa, eles não tiveram escolha. Eu era recém-formada e o cooperativismo me atraía. Eu faço de tudo, cuido da qualidade das habitações, oriento os cuidados fitossanitários, sugiro práticas para melhorar a qualidade do café. Os diretores nunca me convidaram para as reuniões em que se decide sobre os insumos que a cooperativa vai vender aos cooperados. Só entendi a razão anos depois. Na maior parte do tempo eu apago os incêndios, uma incidência de ferrugem do cafeeiro, ataques de brocas e até roubo de café estocado.

Em três anos de trabalho ganhei a confiança dos produtores. Os agrônomos das revendas só querem vender os pacotes de soluções tecnológicas. Que mais parecem ser soluções para os acionistas das empresas deles. Eu me preocupo com as famílias dos produtores, com a sua saúde, com a qualidade do solo que eles vão deixar para os filhos, pouco a pouco introduzi o conceito de agricultura regenerativa. Fui pesquisar por minha conta e descobri que muitos dos defensivos vendidos na cooperativa estavam banidos nos países de origem, outros deveriam ser manipulados com muito cuidado, mas nunca explicados para os agricultores.

A primeira desavença que eu tive com o Malta foi quando apresentei a ideia de instalar campos de teste antes de escolher os produtos a serem vendidos. As empresas que quisessem vender na loja da cooperativa precisariam demonstrar a eficiência no campo para todo mundo ver. E avisei que o uso de produtos banidos afasta os compradores estrangeiros do café da cooperativa. O Malta não gostou.

– Esta menina, nem bem chegou e quer ensinar a gente a plantar café.

Continuei longe das decisões do grupo técnico.

Depois da morte do Seu Antero eu passei a chamar dona Pequena pelo nome, Isadora. Aos poucos ela entendeu que era bom controlar a própria vida. Ela confessou que desconhecia a sensação de liberdade. Por fim, também me contou que o Malta a procurou e ofereceu um valor irrisório pela fazenda.

– Ele me disse que o preço é justo, porque ele vai assumir a dívida com o banco. E eu não tenho a menor ideia de como lidar com isso. Nem sabia dessa dívida. Antero nunca me disse nada a respeito.

Expliquei a ela que tudo isso deveria ser verificado antes de fechar qualquer negócio. Isadora pediu minha ajuda e eu investiguei e descobri que havia um empréstimo feito pelo banco para a instalação do café novo que teria a segunda colheita no próximo mês de julho. Eu testemunhei o acordo feito com o banco, contei para Isadora.

Eu estava presente na reunião entre o Sr. Antero e o gerente do banco. O contrato foi firmado com uma cláusula de carência, o primeiro pagamento será feito depois de colhida a primeira safra boa, no terceiro ano. Fui eu que gerei o laudo técnico e acompanhei a implantação do projeto. Tudo foi feito de maneira correta, no ano passado a primeira colheita mostrou que a qualidade do café é excelente. Portanto só no ano que vem vai ter pagamento do empréstimo, tem algo errado na informação do Malta. Eu acalmei Isadora e fui atender uma antropóloga da Universidade Federal que queria fazer um estudo sobre as mulheres na cooperativa. Foi o dia em que conheci Anette.

Eu estava irritada com a atitude do Malta, e quando perguntei sobre o empréstimo ele se surpreendeu ao saber que eu conhecia a história, nem se lembrava mais que eu assinei o laudo técnico. Ele desconversou, disse que iria verificar com o banco, mas que era para eu ficar fora desta questão, pois não tinha nada a ver com o meu trabalho. Eu forcei uma posição do Malta, disse que uma associada estava em apuros e precisava do apoio da cooperativa e que eu, tendo assinado o laudo técnico, estava envolvida com o tema sim senhor.

– Fique fora deste negócio. – O Malta disse em tom ameaçador.

Como eu poderia ficar fora.

Dias depois Isadora encontrou Lazinha, esposa do Malta, quando saíam do mercado.

– O meu marido pediu para assuntar se você vai mesmo vender a terra.

– Vender a terra? Eu ainda não sei. Não pensei nisso não.

– Pois pense, é difícil para uma mulher tocar roça de café.

Isadora não tinha a quem recorrer, só contava comigo. Perguntou se era verdade que uma mulher não tinha condição de tocar lavoura, e depois ponderou que talvez os Malta tivessem razão, e cogitou a possiblidade de vender a propriedade e arranjar um emprego na cidade.

Eu me enfureci, desandei a falar alto com ela, nem percebi que chorava. Acho que falei coisas que eu deveria ter falado para o meu pai e meus tios lá no Paraná, quando fui deserdada por tomar o rumo que escolhi, mas não para ela. Eu sabia da dor de Isadora.

Então sugeri que Isadora participasse da reunião do comitê de crédito presidido por Tomás, um dos fundadores da cooperativa. Eu insisti e ela concordou, com a condição de que eu a acompanhasse. Entramos na sala de reuniões, apenas uma mesa, cinco cadeiras de cada lado e a enésima na cabeceira, todas ocupadas pelos membros do comitê que nos olharam sem dizer nada. Eu falei ao ouvido de Isadora.

– Fique firme, peça a palavra e se apresente.

– Sei que vocês me conhecem, sou a esposa do falecido Antero, gostaria de presenciar a reunião e substituir meu marido no comitê.

Seu Tomás, quebrou o silêncio.

– Vá se acomodando, dona Pequena, o assunto da vaga da representação do Seu Antero está na pauta.

– Obrigado seu Tomás, quero aproveitar e pedir que me chame pelo meu nome, Isadora. Também solicito que Kassia participe da reunião, ela tem informações sobre um assunto que eu trarei para discussão.

Ele retrucou sem dar ouvidos.

– Kassia, imagino que você deve ter coisas a fazer, não carece de gastar o seu tempo nesta reunião, além do mais, você não faz parte deste conselho.

Isadora acenou positivamente para mim.

– Está tudo sob controle, eu vou dar conta.

Fui para a sala dos extensionistas e aguardei pelo término da reunião. Quando Isadora me procurou, disse que a sua candidatura para substituir o marido foi rejeitada, ou melhor, arranjaram um segundo nome e ela perdeu nos votos. Quanto ao assunto do empréstimo, ela pediu uma posição formal da cooperativa para encaminhar ao banco, mas eles disseram que ainda não tiveram tempo para estudar o assunto, sabiam que havia parcelas a serem pagas além da dívida pendente na loja da cooperativa.

Ela retrucou, seguindo todas as informações e orientações que eu lhe passei.

– Eu sei da carência da primeira parcela do banco, meu esposo negociou um contrato e os documentos estão na cooperativa. Quanto ao pagamento do empréstimo, eu vou fazer uma venda antecipada de parte da safra para cobrir os valores. Kassia disse que eu vou ter uma boa colheita e posso preparar lotes especiais, vou dar conta dos acertos.

Os membros da comissão se esquivaram de dar respostas.

*

Anette, a estudante de antropologia, procurava um lugar para se hospedar, e eu a levei a conhecer Isadora.

– Talvez você possa acomodá-la por dois meses, será uma boa companhia, enquanto ela entrevista as mulheres cooperadas.

Anette se aproximou de Isadora e observou o pendente de ouro que ela usava.

– Que bonito este pendente, parece uma pequena obra de arte, uma mão aberta.

– Foi um presente da minha avó, minha mãe o guardou para mim e eu uso em dias em que preciso me sentir forte. Simboliza a vida.

As duas se puseram a conversar como amigas de longa data. E eu fui tratar da venda antecipada do café de Isadora, mas aquilo que deveria ser uma operação comercial comum, no caso de Isadora se complicou.

A diretoria decidiu que eu não poderia mais fazer a orientação técnica na fazenda de Isadora. Assim que ela soube me procurou na cooperativa.

– Eu fui informada que você não é mais a responsável pela minha propriedade. Quem vai assumir? O que eu devo fazer?

– Não se preocupe, eu vou te orientar, a única diferença é que uma amiga que, por acaso é agrônoma, é quem te dará orientação técnica.

Isadora estava assustada.

– Eu vou precisar de ajuda, desde que Antero se foi, os vendedores de insumos aparecem todos os dias oferecendo um monte de produtos.

Eu expliquei que Isadora deveria ser cuidadosa. Insumos mal manejados podem deixar resíduos e afetar a saúde dos trabalhadores. Ela compreendeu que os vendedores ganham por vendas, basta um descuido e o lucro vai embora. A cooperativa deveria orientar melhor os associados.

Propositalmente me alocaram para atender em bairros distantes e de difícil acesso, dobraram o meu trabalho e eu não fui consultada a respeito. Mesmo assim, deu um jeito de passar na casa de Isadora.

– No final de semana você me convida para um café e eu passo as orientações, o assunto fica entre nós, não compre nada sem me consultar.

– Comprar? Com que dinheiro? Fui assuntar com o Malta na diretoria sobre a compra antecipada da minha safra. Ele ofereceu um preço que eu achei baixo e o prazo para pagamento muito longo. Depois, em particular ele se ofereceu para comprar o meu café, pagando à vista, mas o valor não daria para pagar nem os custos de produção.

– Se acalme, te encontro no domingo ao final da tarde e vamos conversar. Eles estão te apertando, não é verdade? Acho uma safadeza.

Quando cheguei na casa de Isadora, no domingo, ela fazia um bolo de fubá enquanto Anette tricotava uma toalha de mesa em ponto de sulcos, muito bonito por sinal.

– Que lindo trabalho!

– Ainda estou aprendendo, Isadora me ensinou o ponto. Nada deu certo por aqui desde a minha chegada, pelo menos eu aprendi a fazer tricô.

Anette não foi bem recebida na cooperativa. Quando revelou o motivo de sua visita; estudar a participação das mulheres na gestão da cooperativa, disseram que por ali as mulheres costumam atuar apenas no comitê de bem-estar. E eu não pude evitar um comentário.

– Anette, seja bem-vinda ao universo feminino da nossa cooperativa, se quiser mudar alguma coisa, se prepare para boas brigas.

Saímos para ver o cafezal de Isadora, que estava em ótima condição, tudo indicava uma colheita farta. Não havia incidência de pragas, e ela só precisaria fazer o controle do mato e preparar o bolso para pagar os trabalhadores no cultivo e na colheita.

– Com que dinheiro eu vou pagar trabalhadores?

– Vamos encontrar uma solução. Eu vou conhecer o comitê de mulheres, e você vem comigo.

Na semana seguinte Isadora participou da reunião das mulheres, a pauta tratava de receitas de culinária. Depois de alguns bons minutos trocando receitas, Anette pediu a palavra para expor o seu projeto e mencionou a situação de Isadora, falou de como ela ficou vulnerável quando o marido faleceu. Disse que tinha um questionário para que as mulheres respondessem, mas ninguém se manifestou.

– Nós não nos envolvemos com estes assuntos. – Respondeu a coordenadora do grupo.

Isadora pediu a palavra e defendeu o envolvimento das mulheres na gestão da cooperativa e nos negócios das suas propriedades, por fim, disse:

– Vocês deveriam evitar situações como a que eu me encontro. Sugiro que acompanhem os seus maridos nas reuniões dos comitês e assembleias. Que participem mais do trabalho. Por que vocês não participam da vida da cooperativa?

Ninguém respondeu. Logo mudaram de assunto. E antes de sair da reunião, Isadora foi ao quadro negro e deixou uma mensagem.

– Podem anotar, é uma receita infalível de broa de milho que minha avó fazia.

Eu facilitei os contatos com as famílias que poderiam responder o questionário, ainda que à revelia da cooperativa. Algumas poucas mulheres aceitaram receber Anette. Quando nos encontrávamos, ela mostrava os resultados das entrevistas que revelavam a vida social das mulheres da cooperativa. Com o passar do tempo mais mulheres começaram a frequentar a cooperativa, o que ficou claro na pré-assembleia que tratou da eleição da nova diretoria.

Fui com Isadora ao auditório da cooperativa que estava preparado para a pré-assembleia. Isadora arrumou o cabelo e trocou a armação dos óculos que eram os mesmos desde a época de solteira.

No salão da cooperativa havia cadeiras de plástico que eram removidas nos dias de festa. O salão estava lotado com os representantes das famílias cooperadas, todos homens, vindos dos bairros e municípios onde a cooperativa atuava. Não havia cadeiras vagas, ficamos no canto lateral do salão, encostadas na parede, observando a mesa diretora.

Isadora quis saber como funciona uma pré-assembleia. Eu expliquei que uma cooperativa grande não consegue tomar decisões complexas em uma única assembleia geral. É preciso fazer reuniões preparatórias para facilitar a decisão democrática, vários encontros são realizados nos bairros com grande número de cooperados, onde cada membro tem direito a um voto, não importa o tamanho da sua produção. É o princípio conhecido como: um-homem-um-voto. As decisões democráticas são o ponto forte do movimento cooperativista mundial.

– Você chama de decisão democrática uma assembleia sem mulheres? Pois eu acho que o nome do princípio deveria mudar para: um-ser-humano-um-voto, não vejo o porquê da exclusão do gênero. – Disse Annete.

E assim que ela terminou de falar, algumas mulheres entraram na sala. Motivadas por Anette as paredes laterais estavam tomadas por mulheres, enquanto os homens permaneciam sentados. Quando os trabalhos foram instalados, as mulheres se postaram ao lado dos maridos, alguns até cederam-lhes o lugar.

Malta, visivelmente contrariado, abriu os trabalhos e propôs a eleição da diretoria como item único de pauta. Ele era candidato à reeleição e propunha a renovação do mandato. Isadora pediu a palavra, e ouviu-se um murmúrio que cessou quando ela começou a falar.

– Eu solicito a inclusão de um item na pauta.

– Pois não dona Pequena, a senhora tem a palavra.

– Senhor. Presidente, meu nome é Isadora. Me chame de dona Isadora, por favor.

– Pois não, dona Isadora, a Senhora tem a palavra.

– Eu proponho que este plenário seja informado do programa de trabalho e o plano de gestão da chapa que se candidata à reeleição. Esta prática deveria ser uma norma.

O ruído aumentou no salão, nunca houve tal preocupação, as coisas sempre foram decididas nos corredores ao longo dos 50 anos da cooperativa. A diretoria desligou os microfones e deliberou por alguns minutos, por fim Malta retomou a palavra e colocou a proposta em votação. Neste momento outra movimentação se fez perceber, as mulheres pressionaram os maridos e o voto refletiu o empenho. A proposta foi vencedora por uma margem de 10% dos votantes. A conclusão da pré-assembleia ficou suspensa, a aguardar a apresentação de um plano de gestão.

Na saída eu e Isadora encontramos Anette, as duas se abraçaram e seguiram juntas para casa.

*

A vida social da cidade se dava entre a igreja e a cooperativa. A festa anual do santo padroeiro era concorrida, com direito ao bingo depois do horário nobre da televisão, a missa, e, por fim, um show musical no salão da cooperativa.

Anette comprou dois convites para o show dos músicos da região. Isadora renovou o guarda-roupas. Ela não se recordava da última vez que o marido a levou a um baile. No dia da festa ela trajava saia colada ao corpo, blusa abotoada que destacava os seios e os cabelos arrumado num corte que deixava o seu rosto à mostra com a armação dos óculos novos, estava radiante como ninguém ali tinha visto até então. Ela não foi à missa, trocou o horário do padre por sessão no cabelereiro da cidade.

No salão da festa, ela e Anette entraram com copos de cerveja nas mãos. Eu me divertia vendo a alegria das duas. Os olhares do povo estavam voltados para as duas. Lazinha se aproximou de mim e comentou.

– Isadora vai ficar falada.

Eu desconversei. Anette e Isadora ignoraram olhares e se divertiram, foram o par mais alegre da festa. Passava da meia-noite quando saí e não as encontrei mais, o falatório que elas geraram fez o povo dormir com um assunto novo. Fazia tempo que a cidade carecia de energia, pensei comigo.

*

Visitei Isadora no domingo, à mesa do café da manhã ela estava junto de Anette. Vistoriei o cafezal, prescrevi uma capina e adubação para manter a produtividade que prometia ser alta. O agrônomo da cooperativa não apareceu, e Isadora desistiu dele.

– Eu conversei com a empresa onde meu marido contratava trabalhadores temporários. Eles não poderão me atender na colheita deste ano. Quando perguntei a razão, disseram, meio envergonhados, que o Malta está complicando as coisas. Como fazer? Não tenho dinheiro para os tratos que a lavoura precisa, e não dou conta de contratar camaradas. Acho que é hora de encarar os fatos e vender a fazenda.

Anette, que ouviu a nossa conversa, resolveu se manifestar.

– Por que não fazemos um mutirão?

Isadora a olhou com espanto.

– Mutirão? Me lembro de antigamente, quando todo mundo se ajudava, mas hoje as coisas mudaram, não vejo o povo trabalhando junto, ajudando a vizinhança. Cada um cuida de si, mesmo na cooperativa.

– Pois eu tenho conversado com as mulheres durante as entrevistas, e a maior parte delas está motivada pelo meu trabalho, eu lhes mostrei um vídeo e conversamos sobre associativismo, por acaso falei da tradição dos mutirões.

O assunto rendeu resultados. Em cinco dias, com a ajuda de Anette, contatamos as mulheres, um bom número delas aceitou ajudar. Organizamos o galpão na fazenda de Isadora, onde estavam guardadas as ferramentas. Anette reuniu o grupo. Conseguimos, ao todo, 30 adesões.

As mulheres trabalharam por três dias seguidos no cafezal, algumas trouxeram maridos, filhos e irmãos. Dona Kelê, bisneta de escravizados, ensinou um canto de trabalho que ecoou pelas roças de Isadora durante os três dias. Isadora tinha um trator e alguns vizinhos trouxeram outros equipamentos, limpamos o terreno com trator e roçadeira e depois repassamos na enxada. Eu trabalhei na cozinha ao lado de dona Yoko, viúva de um pioneiro da cooperativa, a única família japonesa do local. Três dias que não pareciam de trabalho, mas sim de festa. Deixamos a terra limpa de mato, não seria preciso usar herbicidas, o que agradaria os compradores estrangeiros que andam pela região. Terminamos a tarefa com as mãos cheias de bolhas, mas os dias foram divertidos. A cooperativa soube da iniciativa, e logo na manhã seguinte já corria a história de que Anette era comunista e que andava estragando a cabeça dos associados da cooperativa. Mas isso pouco importava naquele momento.

Alguns dias depois, eu fui chamada às pressas na cooperativa, pois os diretores não sabiam como organizar a visita dos importadores japoneses. Anualmente eles visitam a região para avaliar a qualidade da safra em busca de fornecedores de cafés especiais. Em geral, são donos de pequenas torrefadoras e tratam os preços pessoalmente com os produtores, pagando valores acima do mercado nacional. Pela primeira vez pediram para a cooperativa selecionar produtores para serem visitados.

Os colegas extensionistas tinham uma lista com nomes de associados selecionados por Malta, e o nome de Isadora não constava. Eu sabia que ela se enquadrava nos padrões desejados. Avisei Anette e ela organizou o grupo das mulheres, e me disse:

– Vamos fazer uma surpresa ao Malta, estaremos no aeroporto para recepcionar os japoneses.

E assim foi feito quando deixaram o taxi aéreo que pousou no aeroporto da cidade, dona Yoko os aguardava. Por ser a única da região a dominar o idioma japonês, Malta pediu que ela servisse de tradutora. O que ele não sabia era que ela participava do grupo de mulheres organizado por Anette. Quando Malta nos viu perguntou:

– O quê vocês estão fazendo aqui?

Eu respondi que as mulheres da cooperativa resolveram dar as boas-vindas à senhora Fumiko, a compradora japonesa. Sem alternativa, Malta aceitou a presença de Anette e Yoko no comitê que deu boas-vindas à Sra. Fumiko ao desembarcar acompanhada pelo marido e pelo filho. Ela representava uma associação de torrefadores de café da região de Kyoto. O marido, Sr. Yabata, parecia assustado com a primeira visita que fazia ao Brasil e o menino, entediado, não tirava os olhos de um ipod onde lia mangás. A Sra. Fumiko se mostrava interessada e a dona Yoko cumpria o seu papel de tradutora, talvez não exatamente como o Malta esperava.

No dia seguinte, quando o carro da cooperativa foi buscar os visitantes, a Sra. Fumiko pediu que a fazenda de Isadora fosse incluída no roteiro. A visita foi a última do dia e a Sra. Fumiko ficou encantada com as rendas, fuxicos e as broas servidas com café. Assim que conheceu a plantação e viu o café em fase de maturação, ela ofereceu uma compra antecipada. Disse que o café de Isadora seria processado na torrefadora e vendido na cafeteria que a família tem em Kyoto. O preço oferecido foi acima do mercado de cafés especiais. Isadora vendeu 30% da produção a ser colhida e aceitou a cláusula contratual de ausência de resíduos químicos. Dona Yoko então explicou que a capina foi manual, e o produto seria colhido livre de quaisquer resíduos. E assim a venda foi concretizada, sob o olhar de Malta.

*

Com a proximidade da eleição da diretoria, o grupo de mulheres ganhou voz. Sob a liderança de Isadora o comitê feminino pressionou Malta a adotar medidas para o equilíbrio de gênero na gestão da cooperativa. Contrariados, Malta e seguidores fizeram um recuo tático, colocando mulheres nos comitês propostos pela chapa. Isadora achava que seria preferível ter mulheres em todos os comitês a ter um comitê de mulheres. Os temas votados nas assembleias ordinárias passaram a ser influenciados pelas mulheres e tudo indicava que haveria mudanças na vida da cooperativa.

Isadora passou a receber as visitas técnicas que precisava, e Anette concluiu a coleta de informações sobre a vida das mulheres na cooperativa, retornando para a capital. Isadora a visitava duas vezes por mês e ela fazia o trajeto inverso com frequência. Eu imaginei que a cidade havia se acostumado ao fato de que Anette e Isadora eram agora um casal como qualquer outro.

A eleição de Malta se efetivou, entretanto, o grupo de associadas da cooperativa passou a monitorar a diretoria. Em suma, a liderança à velha moda exercida por Malta estava corroída. As mulheres da comissão de finanças pressionaram por maior transparência nas contas e convenceram seus maridos a exigir que as sobras fossem distribuídas entre as famílias dos cooperados uma vez ao ano. Malta teria que se adaptar a novos tempos.

*

Na época da colheita, a cidade incha com a chegada dos trabalhadores vindos de regiões distantes. Os grupos de trabalho passam semanas atuando de fazenda em fazenda. Mais uma vez Isadora procurou a empresa responsável pelos contratos. Ela tinha galpões para acomodar os trabalhadores temporários e uma cozinha coletiva que se enquadrava na legislação, tudo indicava que Isadora exportaria café para o Japão a preço que recomporia as suas reservas abaladas pela morte de Antero.

O empreiteiro se recusou a trabalhar para Isadora que organizou um segundo mutirão de mulheres. Anette voltou para ajudar e organizou um treinamento rápido para explicar como funciona o derribador de café. No dia combinado, havia 20 mulheres no galpão da fazenda. Dessa vez foram cinco dias de trabalho com vários tropeços, os primeiros dias foram dedicados a colher manualmente os grãos maduros e homogêneos que formaram o micro lote para exportação. Um trabalho que mãos femininas faziam com cuidado. Elas retornariam na semana seguinte para derriçar os grãos menos homogêneos, que formariam um lote de café especial para vender na cooperativa.

Na cidade começou a correr o boato de que as mulheres estariam atravessando o comércio da cooperativa. Fizeram chegar até Isadora a notícia de que eles não iriam permitir nova reunião de mulheres. Anette esperava por algum tipo de reação, mas não pensou em violência. Tudo estava organizado para o trabalho ser retomado na segunda-feira, mas na noite do domingo Isadora e Anette acordaram com o barulho de motores acelerando ao redor da casa. As luzes dos faróis iluminavam a janela do quarto, assustadas elas telefonaram para a polícia que só chegou quando já era dia claro e os invasores não estavam mais lá. O ambiente se tornara insustentável para Isadora, ela concluiu a colheita duas semanas depois contando com a ajuda de apenas três trabalhadores sem experiência.

O conflito foi inevitável, o grupo das mulheres apoiou Isadora quando ela levou o assunto à cooperativa. Os cooperados se posicionaram, alguns apoiando, e outros atacando o mutirão. O importante é que a safra do café estava colhida e posta para secar no terreiro. Os fatos revelaram com quem Isadora podia contar. A minha permanência na cooperativa ficou comprometida, a diretoria me via como parte do movimento feminino que causou as mudanças. Eu orientei Isadora nos tratos pós-colheita e expliquei como o café deveria ficar estocado na cooperativa em lote identificado. A outra parte da colheita foi processada na cooperativa, que aceitou o café de Isadora pois ela era uma associada regular, a qualidade e o preço do produto era bom e eles não tinham como negar, sobretudo por tal negociação ser aprovada pelo conselho e nos comitês. O café para exportação seguiu para processamento com orientação de não misturar com o café comum. Quando a colheita terminou, Isadora estava exausta e endividada, e eu em conflito aberto com a cooperativa.

Depois disso tudo, sobretudo da reeleição de Malta, as mulheres perderam espaço nos comitês. Eu perdi o emprego, e nada me estimulava a permanecer depois do que ocorreu. Na minha inocência, orientei Isadora a estocar o café colhido na cooperativa, ela queria guardar na fazenda, mas eu entendi que as condições não eram apropriadas. Os compradores vieram retirar o café que estava acondicionado em grandes sacos que cabiam em um único contêiner a ser embarcado no porto de Santos. Na vistoria, os sacos foram lacrados e amostras foram colhidas para análise de resíduos. Os resultados indicaram elevado teor de resíduos que não deveriam estar presentes.

– Mas como? – Reagiu Isadora, indignada. – Eu cuidei da safra sem utilizar nenhum insumo proibido, como o café poderia estar contaminado?

Isadora colheu uma amostra das sacas que ela guardou em casa para uso próprio, refez as análises e elas estavam limpas. Anette queria denunciar a violação, mas Isadora preferiu não acusar ninguém. A polícia não descobriu pista alguma. O banco executou a dívida de Isadora que vendeu as terras e seguiu para a capital.

Estas lembranças vieram à minha mente hoje, sentada no auditório da Universidade ao lado de Isadora, ouvindo a arguição da banca de doutorado que examinou o trabalho de Anette. O título do trabalho: "Terra de viúva: Análise do Equilíbrio de Gênero na Agricultura."

OUTROS LIVROS DO AUTOR

Como são cativantes os jardins de Berlim (contos, 2014)
Acerba dor (contos, 2017)
O filho de Osum (romance, 2019)
O arquivo dos mortos (romance, 2022)

Esta foi composta em Walbaum Text, e impressa em papel polen
natural 80 g/m², para a Editora Reformatório em julho de 2024,
enquanto mais de 272 milhões de expatriados se deslocam pelo mundo.